야구에도 3번의
기회가 있다는데

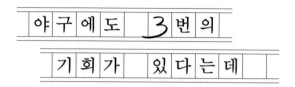

야구에도 3번의 기회가 있다는데

니시카와 미와

이지수 옮김

마음산책

옮긴이 이지수

일본어 번역가. 『키키 키린의 말』『고독한 직업』『료칸에서 바닷소리 들으며 시 나리오를 씁니다』『사는 게 뭐라고』『죽는 게 뭐라고』 등의 책을 우리말로 옮겼고, 『아무튼, 하루키』『할 수 있는 일을 하고 있습니다』(공저)를 썼다.

야구에도 3번의
    기회가 있다는데

1판 1쇄 인쇄 2021년 5월 20일
1판 1쇄 발행 2021년 5월 25일

지은이 | 니시카와 미와
옮긴이 | 이지수
펴낸이 | 정은숙
펴낸곳 | 마음산책

편집 | 권한라 · 성혜현 · 김수경 · 이복규   디자인 | 최정윤 · 오세라
마케팅 | 권혁준 · 김종민 · 김은비   경영지원 | 박지혜

등록 | 2000년 7월 28일(제13-653호)
주소 | (우 04043) 서울시 마포구 잔다리로 3안길 20
전화 | 대표 362-1452 편집 362-1451   팩스 | 362-1455
홈페이지 | www.maumsan.com
블로그 | blog.naver.com/maumsanchaek
트위터 | twitter.com/maumsanchaek
페이스북 | facebook.com/maumsan
인스타그램 | instagram.com/maumsanchaek
전자우편 | maum@maumsan.com

ISBN 978-89-6090-676-1 03830

* 책값은 뒤표지에 있습니다.

외로운 사람만이 먼 곳으로 갈 수 있다.

차 례

혹시 이건 인생인가

해피엔드보다 감동적인

멀리 있기에

괴물은 죽지 않아

신은 하늘에서 내려와주지 않는다.
사람이 손을 잡아끌어 데려오는 것이다.

▪ 일러두기

1. 이 책은 『遠きにありて』(文藝春秋 2018)를 우리말로 옮긴 것이다.
2. 외국 인명, 지명, 독음 등은 외래어 표기법을 따르되 관용적인 표기와 동떨어진 경우
   절충하여 실용적 표기를 따랐다.
3. 국내에 정식 소개된 작품명은 번역된 제목을 따랐고, 정식 소개되지 않은 작품명은 우
   리말로 옮기거나 통용되는 표기를 따랐다.
4. 본문의 주석은 옮긴이 주이다.
5. 영화명, TV 프로그램명, 곡명, 잡지 등의 매체명은 〈 〉로, 책 제목은 『 』로 묶었다.

혹시 이건 인생인가

모두의 꿈이
이루어질 때까지

어린 시절 스포츠에서 두각을 드러냈다면 어떤 인생을 살고 있을까. 나는 달리기 시합을 할 때 골인 테이프가 배에 닿아본 기억이 없다. 이런저런 스포츠를 해봤지만 주전 선수로 뽑힌 적이 한 번도 없다. 무엇을 배우든 금방 그만둔다거나 농땡이를 부리는 것도 아니다. 일단 시작한 것은 계속해야 한다고 믿어 의심치 않으며 나름대로 성실하게, 꾸준히 배우러 다니기는 하나 좌우간 재주가 없다. 수영을 배울 때도 배영이든 자유형이든 접영이든 남을 앞질러본 적이 없어서 가끔 구경하러 왔던 어머니가 "욕조에 떠 있는 금붕어 인형" 같다며 웃기도 했다. 초등학교 4학년 무렵에는 배구부에 들어갔다. 〈어택 넘버 원^{배구부 팀원들의 성장 과정을 그린 만화영화}〉 재방송에 열광하며, 나도 주인공 아유하라 고즈에처럼 포니테일을 하고 회전리시브^{받기 어려운 위치로 공이 날}

아올 때 몸의 중심을 무너트리면서 리시브를 하고 한 바퀴 굴러 일어나는 기술를 해보일 테다' 기세등등했지만, 반에서 작은 키로 1, 2등을 다투던 나는 애초에 기대받는 축이 아니었던 데다 과도한 리시브 연습으로 팔뚝에는 내출혈 반점이 생기고 집 마당에서 혼자 서브 훈련을 하다 현관문 유리를 와장창 깨트리기까지 했는데도 정신 차려 보니 2군에 속해 있었다.

나의 반항기는 그 배구부에서 막을 올렸다. 감독은 과거 재직했던 학교에서 전국 대회에 출전한 경험이 있는 사람이었다. '꿈을 다시 한번'이라며 지도에 열을 올렸고 다른 학교에서 코치 선생님을 스카우트해와 맹연습을 거듭했다. 배구부에 들어간 직후에는 모두가 도토리 키 재기였지만 2년 차, 3년 차로 접어들자 1군에서 호되게 훈련받은 정예 선수들의 기량이 부쩍 향상되었고, 차츰 현_縣 내 순위도 올라가서 전국 대회 출전도 꿈만은 아니게 되었다. 반면 2군은 어땠는가 하면, 그곳은 그저 열등생들이 모인 난장판이었다. 체격을 타고나지 못했고 기술도 의욕도 그저 그런 아이들이 멍하니 모여서 에이스 공격수의 강렬한 스파이크를 꼴사납게 받다가 엉뚱한 방향으로 공을 날리고는 끝. 더는 누군가에게 격려나 기대를 받는 일도 없다. 날아간 공은 직접 주우러 뛰어간다. 아아. 한숨을 내쉬며 교정 구석의 나무 덤불 그늘에 쭈그려 앉는다. 같은 방향으로 공을 날린 다른 열등생이 다가온다. 눈짓을 나누고 둘이서 모래 장난을 하며 수다를 떤다. 선생님이나 팀원들 흉을 보며 히히히 웃

　야구에도 **3**번의 기회가 있다는데

는다. 배구 따위는 이제 조금도 좋지 않다.

 팀이 강해지면서 코트에 들어갈 기회도 얻지 못하게 되었다. 매일 오후 4시부터 8시까지 하얀 선 밖에 억지로 세워져 사방팔방 굴러가는 공을 줍기만 하는 나날이 시작되었고, 싫증이 난 2군 아이들은 차례차례 떠났다. 아이들이니 말도 없이 그냥 안 나온다. 남은 동료들에게 미안하다고 생각했을지도 모르지만 어차피 다들 열등생이다. 변변한 자리도 아니니 똑똑한 녀석이라면 그만두는 것이다. 점점 일손이 달려서 우리는 이제 공줍기 당번 외에 아무것도 아니었다. 그런 나날이 3개월 정도 이어지던 어느 비 오는 날 저녁, 나와 사이가 좋았던 2군의 삿짱이 갑자기 체육관이 흔들릴 정도로 크게 울기 시작했다. 초등학교 6학년 여자아이라고는 믿기지 않게 아기처럼 발을 쿵쿵 굴렀고, 말을 걸어도 미친 듯이 울부짖을 뿐 쪼그려 앉지도 눈물을 닦지도 않으며 온몸으로 항의하듯 서서 엉엉 울어댔다. 그 독한 코치도 스파이크를 하던 손을 멈췄다. 하지만 "왜 그러니?" 하며 말을 걸어주기는커녕 질렸다는 듯 이쪽을 쳐다보더니 다시 아무 일도 없었던 양 주전 리시버를 상대로 힘껏 스파이크를 때리기 시작했다. ……선생인가. 당신, 그러고도 선생이야? 열한 살 하고도 10개월. 부풀대로 부풀었던 내 반항기의 봉오리가 펑, 소리를 내며 꽃을 피우고 말았다.

 어머니는 "불만이면 직접 이야기해봐"라고 내게 말했다. 침착해진 삿짱과 둘이 미리 짜고 할 말을 생각해서 코치 앞을 가로막고 섰지만 그는 "나는 감독님께 이 팀을 전국 대회로 데려가라는 말을 들었을 뿐이야. 내겐 방침이 없어"라며 눈도 마주치지 않고 등을 돌렸다. 감독은 "'숨은 조력자'라는 말 아니? 힘든 건 알겠어. 그래도 겨우 여기까지 왔잖아. 좀 버텨주면 안 될까?"라며 자못 초등학교 선생다운 말로 우리를 타일렀다. 나도 모르게 감동할 뻔했지만, 걸려들까 보냐 하는 생각도 들었다. 나쁜 선생은 아니었던 것 같다. 하지만 코치보다 말솜씨가 교묘한 점이 또 비겁하게 느껴졌다. "알겠습니다" 우리는 대답했고, "그럼 '모두의 꿈이 이루어질 때까지' 기한부로 해주세요"라고 요구했다. 현 대회에서 우승을 거머쥐어 전국 대회 출전이 결정된 경사스러운 바로 그날, 2군 전원이(라고 해봤자 그때는 나와 샷짱 둘뿐이었지만) 배구부를 나왔다. '이제부터 더 중요한 날들이 기다리고 있겠지만 나머지는 알아서 잘 해주게'라는 뜻이었다. 공을 주울 사람도 없는데 주전만으로 그 뒤 어떻게 연습했을까. 초등학생치고는 매서운 공격이었다고 지금은 생각한다. 전국 대회는 1회전에서 진 모양이었다. 기쁘지도, 슬프지도, 아무렇지도 않았다. 처음으로 나보다 큰 것을 상처 입혔다. 실망을 하나 경험했다.

중학교와 고등학교에 올라간 뒤로도 뭘 하든 마찬가지라서, 어느샌가 경기장 한가운데에 서는 선수가 아니라 벤치워머로 있는 편이 나다워졌다. 한창 시합이 진행되는 도중에 가끔 내 이름이 불리면 솔직히 좀 우울했다. '모처럼 잘 보고 있었는데'라는 생각이 들었기 때문이다. 뭐든지 나보다 뛰어난 사람에게 시키고 나는 옆에서 그저 가만히 바라보며 이러쿵저러쿵 중얼댄다. 그것이 영화감독이라는 지금의 내 직업 선택과 어딘가 통하는 느낌도 든다.

그 사람의 등

지난밤 신주쿠에서 함께 술을 마신 사람은 다음 날 이른 아침부터 회사 동료들과 회의실에서 다 같이 여자 축구 월드컵 결승전을 보기로 했다고 말했다. 역시 회사원은 좋구나(그런 회사만 있는 건 아니겠지만). 그런 건 혼자 보는 것보다 함께 일희일비할 사람과 같이 보는 편이 당연히 더 즐겁기 때문이다. 하지만 일본 대표에게 흥미를 갖건 말건 그것도 그 사람 마음이다. 스포츠는 누군가를 응원하며 보는 편이 확실히 흥분되는 법이지만, 묻지도 따지지도 않고 온 국민이 하나로 뭉쳐 '절대로 져선 안 되는 싸움'이라는 기운을 내뿜는 것은 무섭다. 스포츠란 본래 그런 것과 가장 거리를 두어야 하며, 어느 곳의 어떤 이와도 뒤섞여서 누구의 힘에도 단순하게 감동하는 유연한 전장이어야 하기 때문이다. ……이런 거창한 말을 하면서도 7시 즈음에

야구에도 3번의 기회가 있다는데

는 침대에서 벌떡 일어나 "절대로 져선 안 돼!" 하며 홀로 우리 집 텔레비전 앞에 앉아 주먹을 불끈 쥐고 일본 여자 대표팀을 응원하는 나. 아아. 역시 회사원이 될 걸 그랬네.

그런데 잠기운도 채 가시기 전 미국에 4대 0으로 뒤지고 말았다. 아직 전반 16분. 여러분, 대체 무슨 일이죠? 나는 시합이 끝난 뒤 "포기하지 않는 마음을 배웠어요!" "용기를 얻었어요!"라며 사람들이 입을 모아 말하는 장면을 보고, 일단 이 시합을 망설임 없이 끝까지 본 용기와 포기하지 않는 마음이 대단하다고 생각했다. 나이를 먹으면서 마음이 슬슬 약해지는지, 나는 요즘 과격한 장면을 견디지 못하는 경향이 있어서 영화 속 격렬한 총격전이나 난투 신에도 금세 숨이 가빠온다. 민영방송보다 NHK일본의 공영방송, 텔레비전보다 라디오. 펑크보다 클래식, 제이팝보다 80년대 가요. 노티 난다고 일축했던 것들이 점점 낯설지 않게 느껴진다. 그런 노쇠한 심장에 초반의 4대 0은 너무도 가혹했다. 득점할 때마다 골 직전의 미소에도 여유가 감도는 미국 선수를 보며 1년 전 남자 브라질 월드컵에서 7대 1로 끝난 독일 대 브라질전이 떠올랐다. 이제 그만 볼까. 그만 보고 나갈 준비를 해서 평소보다 조금 빨리 사무실에 도착해 일을 시작할 수 있다면 일석이조다. 점심때가 지나 스포츠를 좋아하는 후배와 마주치면,

"나데시코일본 여자 축구 대표팀의 애칭인 '나데시코 재팬'을 줄여 부른 것 아쉬웠죠."

"아, 역시 잘 안 풀렸어?"

"안 봤어요?"

"응. 너무 불쌍해서 말이야."

"그렇죠."

이런 대화를 나누고 끝내면 된다. 선수들의 곤경에 내가 꼭 붙어 같이 견뎌낸다 한들 일본이 역전하나? 나는 리모컨을 텔레비전 쪽으로 내밀며 전원을 껐다.

쥐 죽은 듯 조용해진다. 장마철이라 흐린 하늘의 월요일 아침. 몽롱한 듯한 비둘기 울음소리. 구구구. 이렇게 전원을 끄거나 인터넷 창을 딸깍 닫기만 하면 세계의 소란함도 먼 곳의 비극도 모조리 내 일상과 분리된다. 2011년 동일본 대지진이 일어난 해 봄, 일본이 반쯤 잠겨갈 때도 이와 닮은 기이한 감각을 맛봤다. 그때도 나는 조용해진 방 안에서, 점점 가라앉는 세계에 있으면서 어떻게 앞을 향해 가야 하는지 답을 내지 못한 채 주저앉아 있었다.

나는 스위치 하나로 텔레비전을 끌 수 있다. 반대로 스위치 없이 계속 달려야만 하는 사람들의 모습을 스위치 하나로 볼 수도 있다. 이것이 진 게임이라는 것은 거의 확실하겠지. 하지만 축구에 수건을 던지는 규칙은 없다. 경기장 안의 선수는 마지막 휘슬이 울릴 때까지 시합을 계속하는 수밖에 없다. 그리고 아무리 남은 시간이 길어도 끝은 반드시 온다. 혹시 이건 인생인가? 나는 다시 한번 전원을 켰다. 절망적으로 전망이 어두워진 후에 남은 기나긴 시간을, 이 일본의 여자 단체 스포츠 사史를 새로 쓴 유달리 엄격하고 지적인 집단은 대체 어떻게 버텨나갈 것인가. 요컨대 사람은 절망을 짊어지고 어떻게 싸우는가. 그 싸움 방식을 볼 기회라고 생각했다.

아니, 그들이 여태 절망의 맛을 모르고 지내왔을 리 없다고 통감한 것은 미야마 아야 주장이 대회 전부터 거듭 말해온 메시지를 접한 뒤였다. 4년 전 세계의 정점에 올라섰음에도 불구하고 서서히 떨어져온 여자 축구 리그의 인기, 개선되지 않는 선수들의 처우에 얼마나 후회해왔는가. 둥그스름한, 결코 넓지 않은 그 등으로 짊어져온 것의 무게는 아무도 헤아릴 수 없다. 경기에 져서 "죄송하다"라고 말하는 주장에게 일본 국민은 "꿈을 얻었다" "가슴을 펴라" 하며 건투를 칭찬했지만, 설령 1억 명의 사람이 입을 모아 그렇게 말한다 해도 결코 치유되지 않는 단단하고, 단단하고, 또 단단한 원통함이 그의 마음속에는 계속 존재할 것이다. 하지만 누구와도 쉽사리 나눌 수 없는 고집, 그것이야말로 사람의 '능력'이라고 생각한다.

시합이 끝난 뒤에 홀로 천천히 경기장을 걷는 등이 아름다웠다. 무언가를 짊어진 인간의 등을 오랜만에 본 듯한 느낌이었다. 이 또한 보는 사람 멋대로의 감상이지만, 패배한 경기야말로 볼 대목이 많을지 모른다.

사과를 하다니

얼마 전 내가 쓴 소설이 나오키상^{대중소설에 수여하는 일본의 권위 있는 문}학상 심사에서 떨어졌다. 편집자 몇 명이 작업실에서 함께 대기하고 있었는데, 다른 방에서 니코니코도가^{일본의 동영상 공유 사이트}의 중계 화면에 '히가시야마 아키라 소설가의 『류流』'라는 글자가 뜬 것을 본 스태프가 "앗!" 하고 소리를 지르는가 했더니 한발 늦게 심사장에서 담당 편집자에게 전화가 걸려왔고, 휴대전화를 귀에 댄 그의 얼굴은 딱딱하게 굳었다. 눈을 깜빡이는 횟수가 극단적으로 줄어들었고 눈알은 죽어가는 마리모^{공 모양의 녹}^{조류} 색깔로 변했다. 즐거워야 할 여름방학에 할아버지가 아끼는 귀한 항아리를 깨부순 아이 같은 표정. 옆에 있던 그의 상사도 제 자식의 실수에 해명할 말을 찾지 못하는 데릴사위처럼 경직되었다. 그때까지 다 함께 캔 맥주를 마시며 역대 수상 내막 같은 걸 들으면서 담소를 나누었는데, 분위기가 단번에 바뀌어 마치 장례식 날 밤 같아졌다. 목울대가 짓눌린 듯한 기분이 되어 나도 모르게 "죄…… 죄송합니다"라는 말이 튀어나왔다. "사과를 하시다뇨!" 그들은 입을 모아 외쳤지만 나 역시 그런 말이라도 하지 않으면 견딜 수 없었다. 세상일을 바라보며 자주 '뭐든 사과만 하면 된다고 착각하지 마'라고 생각하는데 나 역시 사과해도 소용없는 일에 대해 이처럼 종종 사과를 하고 만다.

세계 수영계에서 활약한 와타나베 가나코 선수가 마이크 앞에서 우는 모습을 세 번 봤다. 첫 번째와 두 번째는 훌륭하게 메달을 따서, 세 번째는 계영에서 인계 실수로 실격을 당해서였다. 기뻐도 분해도 눈물이 흐르는 열여덟 살. 좋구나, 생각했다. 그러나 혼계영의 리우올림픽행 티켓을 따내지 못했을 때는 입가를 떨며 "죄송한 마음뿐입니다"라고 말했다. 아마도 팀원과 스태프에 대한 솔직한 기분이겠지. 앞서 이야기했듯 여자 축구 대표팀의 미야마 주장도 월드컵 결승전 패배 직후 같은 말을 했다. 저마다 말의 속뜻도 다를 테고 국민적 기대를 짊어진 사람이 지고 나서 그런 말을 하지 않는다는 것은 본인에게 그야말로 못 견딜 일이겠지만, 그래도 역시 운동선수의 입으로 그 말을 듣는 것은 슬프다. 아무래도 "이제 지칠 대로 지쳐서 뛸 수 없습니다"라는 말을 남기고 떠난 쓰부라야 고키치마라톤 선수. 1964년 도쿄올림픽에서 막판에 영국 선수에게 따라잡혀 3위가 된 그는 다음 올림픽 금메달을 노리며 맹훈련했으나 요통이 재발하여 전성기처럼 달릴 수 없었고, 결국 '지쳐서 뛸 수 없다'는 유서를 남긴 채 자살했다와 같은 슬픈 충성과 어두운 말로가 떠오르기 때문이다.

지겨울 수도 있지만 이야기를 나오키상 심사로 조금 되돌려보자. 아마도 몇만 부 분량에 해당하는 돈의 움직임이 바뀌었을 테지만 그날 밤 편집자들은 "이렇게 됐다고 해서 작품의 가치가 떨어지는 건 아니니까요" "우리는 소중한 작품이라고 생각합니다"라며 필사적으로 나를 위로해줬다. "네에." 나는 멍하니 대답했다. 결국 그런 말에 위로받는 우리의 일에는 어디까지 나아간다 해도 절대적인 가치 기준 같은 것이 없다. 내가 맛본 것은 명쾌한 패배가 아니며, '너한테 뭐가 부족했는지 말해봐!' 같은 식으로 내 앞에서 자극을 주는 사람도 없다. 바로 그 때문에 팔이 안으로 굽는 해석으로는 결코 위로가 되지 않는 승부의 세계의 냉혹함이 눈부시게 보이기도 한다. 채점이나 판정의 불명료함도 많은 경기에 따라붙지만, 그것까지 포함해서 승패라는 절대적인 사실로부터 등을 돌릴 수단은 없다. 하지만 나는 그들의 절박한 모습을 내 눈으로 목격하고 싶은 것일지도 모른다. 만약 선수가 골을 넣은 순간, 기록을 갈아 치운 순간, 결정적인 실수를 저지른 그 순간에 중계가 뚝 끊어진다면 스포츠를 보는 즐거움의 큰 부분이 사라질 것이다. 패배를 당한 직후, 승리를 거머쥔 직후 선수들의 표정이 카메라에 클로즈업되고 그들이 마이크 앞에 세워지는 일은 때로 잔혹해서 '가만히 내버려 뒀으면' 하는 마음도 드는데, 바깥쪽에 있는

야구에도 3번의 기회가 있다는데

우리가 원하는 것은 승패의 결과만이 아니기 때문이다. 대부분의 인간은 하루하루의 생활 속에서 '패배'라고 부를 정도로 근사하지 않은 패배감, '승리'라고 가슴을 펼 정도로 뚜렷하지 않은 충족감의 틈새를 흐리멍덩하게 오간다. 흔들림 없는 엄정한 결과에 직면했을 때 사람은 과연 어떤 식으로 존재할 수 있는지를 이 눈으로 보고 싶다. 그 무람없을 정도의 환희 혹은 거침없이 쏟아지는 눈물을 동경하며, 나의 응어리까지 거기에 얹는 것인지 모른다.

　그래도 그만한 것을 짊어지고 있으니까. 여러 가지 사정과 감정이 있겠지만 승부의 세계에서 살아가는 사람은 되도록 공적으로 사과하지 말았으면 한다. 사람들의 기대나 역사, 경기의 지위 향상에 공헌하지 못한 것을 선수 탓으로 돌리는 관람자를 키워서는 안 된다. 일사 만루의 역전 찬스에서 내야 땅볼을 쳐 병살됐을 때 얼굴색 하나 안 바꾸고 벤치로 돌아가 다시 글러브를 끼는 것은, 사람들의 기대에 부응하지 못해 사과하는 일보다 더욱 어려울 터다. 사과할 거라고 생각하지 마. 내가 싸우는 상대는 그런 게 아니야. 그렇게 단언하는 듯한 옆얼굴이야말로 우리를 진실한 의미에서 고무시키는 게 아닐까.

표절했지?

만약 신이 '네 앞길에는 상상조차 할 수 없는 고난과 비난이 깔려 있으며 너의 신뢰도는 땅에 떨어질 것이다. 그래도 좋다면'이라는 조건부로 '올림픽 엠블럼의 디자이너가 된다'는 미래를 약속해주면, '전 그래도 좋아요!'라고 말할 거라던 지인이 있었다. 왜냐고 물었더니 "이런저런 소동은 얼마 못 가 사람들이 잊게 되어 있어. 조금만 참으면 되거든. 그대로 의혹을 인정하지 않은 채 세간의 관심이 식기를 기다리면 영원히 역사에 남는 건 내 이름이 새겨진 그 일이야" 하고 그는 말했다. "과연." 나는 대답했다. 그 이야기를 한 다음 날 디자인은 철회되었고 모든 것은 없던 일이 되었다2020년 도쿄올림픽 엠블럼이 벨기에의 리에주극장 로고를 표절했다는 논란에 휩싸여 도쿄올림픽 위원회가 엠블럼 사용을 전면 취소했다. 신은 우리 같은 존재에게는 기본적으로 아무것도 가르쳐주지 않는다.

귀가 전혀 들리지 않는 천재 작곡가'현대의 베토벤'으로 불린 청각장애인 작곡가 사무라고치 마모루가 2014년에 자신의 작품을 18년 동안 대리 작곡가가 썼다고 밝혔다, 만능 세포 발견 소동역시 2014년에 일본 이화학연구소의 오보카타 하루코 박사가 〈네이처〉지에 만능 세포를 만들었다는 논문을 발표해 엄청난 주목을 받았으나 데이터의 문제점이 발각되어 논문이 철회됐다에 이은 3단 추락을 결정짓는 듯한 대소동이 일어났다. 일본의 수치라며 화를 내는 사람도 있었던 모양인데, 과거 올림픽 유치 때 에도도쿄의 옛 이름의 번화가였던 니혼바시日本橋는 꺼림칙한 이무기 같은 수도고속도로1964년 도쿄 올림픽 개최 결정을 계기로 니혼바시 위를 지나가는 형태로 건설되었다의 배腹에 뒤덮여, 그 뒤 태어난 일본인 중에서 밝은 니혼바시강川을 본 사람이 없다. 이번 올림픽 유치는 그런 부끄러운 이야기를 잊은 척 진행되고 있다. 고작 2년 반 전에 일어난 세계 역사상 최악의 원자력발전소 사고도 총리가 "언더 컨트롤통제되고 있다"이라고 거침없이 단언하는 나라를 올림픽은 골랐다. 선글라스를 낀 자칭 작곡가가 벽에 머리를 찧는 모습에 속던 시절에는 아직 다들 웃을 수 있었던가, 라고 예전을 그리워하면서도 그나저나 내가 엠블럼 디자이너라면 어떤 기분일까 상상하고 말았다. 만약 내가 몇백 일 동안 머리를 쥐어짜낸 끝에 '이것밖에 없다'고 믿으면서 선보인 것이 어느 머나먼 땅의 생판 모르는 사람이 이미 만든 것과 비슷하다고 지적받으며 "표절했지?"라는 말을 듣는다면.

　실제로 아이디어를 찾을 때는 사막 속을 걷는 듯한 심정이다. 사랑도 미움도 만남도 이별도 삶도 죽음도, 동서고금의 책을 펼치면 반드시 이미 누군가가 비슷한 이야기를 써놨다. 대체 이 세상 어디에 아직 누구도 발견하지 않은 금맥이 남아 있다는 걸까. 아무것도 떠오르지 않는 날도 많다. 몇 날 며칠 밤이고 낮이고 아무것도 하지 못한 끝에 문득 한 줄기 빛이 보인 느낌이 들어서 거미줄처럼 연약한 그것을 애지중지해가며 겨우 다 엮어냈다고 생각하자마자 "그런 건 벌써 어딘가의 아무개가 하고 있어"라는 말을 듣는다면? 소름이 끼친다.

내 영화 데뷔작은 사기를 생업으로 삼는 방탕한 아들이 고지식한 여동생이 있는 본가로 불현듯 돌아오는 이야기였는데, 관객에게 "도라 씨드라마 〈남자는 괴로워〉의 주인공 애칭네요"라는 말을 들은 적이 있다. 장난하지 마, 속으로 생각했다. 숲으로 둘러싸인 계곡에서 여자가 떨어져 죽은 사건에 대해 목격자의 해석이 여러 차례 바뀌는 두 번째 작품은 "〈라쇼몬한 남자가 칼에 찔려 죽은 사건을 두고 이해 당사자들의 진술이 엇갈리는 모습을 그린 구로사와 아키라의 영화〉이네요"라는 소리를 들었다. 힘이 빠졌다. 〈남자는 괴로워〉도 〈라쇼몬〉도 명작이다. 나도 좋아한다. 아무리 그래도 그런 낙담이 또 있을까. 결과적으로 얼마나 심혈을 기울여 노력하건 간에 어차피 나는 남과 비슷한 것밖에 만들지 못한다. '비슷하다'고 치부될 정도의 것밖에는. 그렇게 상실한 '나'는 이제 어느 누구도 되찾아주지 못한다. 뚱하게 입가를 일그러트린 나와는 반대로 지적하는 사람들은 어쩐지 하나같이 성취감 가득한 미소를 띠고 있었다. 그 마음도 이해가 안 가는 바는 아니다. 사람은 얼핏 관계 없어 보이는 사물에서 유사점을 발견하면 본능적인 지점에서 고양되는 생물이다.

하지만 말이죠. '오리지널리티' 지상주의 같은 것도 상당히 수상쩍지 않나요. 정말로 강렬한 개성이나 독창성은 '병리'나 '편집증'과 종이 한 장 차이며, 그런 것을 지닌 인간은 대체로 모두가 진절머리를 내는 이해 불가능의 연장선상에 서 있다. 성 가시고 어울리기 힘들며 무슨 말을 하는지도 잘 알아들을 수 없다. 세상에 널리 유통되는 '오리지널'의 대부분은 '시스템에 적용할 수 있을 정도의 눈치는 있는 사람들의 오리지널'이다. 받아들이는 이가 화상을 입을 만큼 엄청나게 괴짜스러운 오리 지널을 뒷받침해 매니지먼트할 수 있는 사람의 수는 어느 분야 에서든 격감하고 있다.

벌어진 입과 일그러진 표정 등이 컨디션 변화의 큰 증거로 여겨지는 마라톤에서, 사이타마현청 소속의 가와우치 유키 선 수가 레이스 초반부터 눈에 띄게 괴로워 보이는 표정으로 윗니 아랫니를 악다문 채 터무니없이 긴 거리를 완주해나가는 그 믿 기 힘든 모습이 좋았다. 실로 어떤 해설자도 그의 기절할 듯한 모습과 컨디션의 인과관계를 분석하지 못한다. 올림픽이나 패 럴림픽이 멋진 이유는 여전히 세계는 넓고, 그 속에는 우리가 상상도 하지 못하는 인종과 능력이 존재한다는 점을 실감할 수 있어서가 아닐까.

하지만 사람의 사고는 완전한 '고[個]'도 아니고 '독[孤]'도 아니다. 같은 시대에 다른 장소에서 엇비슷한 아이디어가 태어나고 꼭 닮은 미의식이 발생하는 현상은 반드시 있다. 인간은 창조성이나 독자성 이전에 공감의 생물이기 때문이다. 그래서 같은 것을 보고 웃는다. 같은 것을 보고 소리 지른다. 누구한테 배우지 않아도 가장 빨리 달린 사람에게 감동한다. 어차피 인간, 생각하는 게 그리 다르지 않다는 점 또한 하나의 구원이라고 나는 생각한다.

야구에도 3번의 기회가 있다는데

빨간 병_病

날아올라 헤엄쳐라 하며 하늘도 다시 한번 가슴을 펴지/ 오늘 바로 지금 확실히 싸워서/ 아득히 높게 아득히 높게/ 영광의 깃발을 세워라/ 카프. 카프. 카프 히로시마. 히로시마 카프. ……라더니, 올해도 역시 영광의 깃발을 세우지 못했잖아! 2013년, 16년 만에 A클래스_{일본의 프로야구는 센트럴리그와 퍼시픽리그로 나뉘어 있고 두 리그의 1~3위 팀을 A클래스라고 부른다}에 들어가 처음으로 클라이맥스시리즈_{양 리그의 A클래스 팀이 일본시리즈 진출권을 놓고 겨루는 플레이오프 경기} 진출을 이루어냈고, 작년에는 2위 자리를 놓고 한신 타이거스와 싸웠으며 마침내 올해는 뉴욕 양키스로부터 구로다 히로키를 되찾아오고 마에켄_{마에다 겐타 선수의 애칭}의 메이저리그를 보류시킨 데다 아라이 다카히로를 다시 고향 팀으로 데려오는 등 왠지 전국적으로 일어난 전례 없는 카프 붐, 의리 붐, 급기야

24년 만의 우승인가 하며 세간을 떠들썩하게 만들어놓고는 뚜껑을 열어보니 비단잉어카프는 잉어라는 뜻가 펄떡이기는커녕 최종전에서 미꾸라지를 놓치듯 A클래스에도 못 끼게 되었다. 대체 어떻게 된 거야, 이 꼬락서니는! 부끄러워서 정말! 발을 쿵쿵 구르고 끝냈던 나의 2015년 페넌트레이스주로 프로야구의 정규 시즌을 일컫는 말로 정규 시즌 우승 팀과 상위 팀들이 포스트 시즌을 거쳐 최종 우승을 가린다였다.

그러나 히로시마 도요 카프라는 빈곤과 약소의 역사를 짊어진 시민구단마쓰다자동차가 구단 주식 대부분을 소유하고 운영비 일부를 지원하지만, 구단 운영에 관해서는 최소한의 개입을 원칙으로 하고 있다이 보여주는 하루하루의 분투를 관찰하고 있는 사람이라면 마음속 어딘가에서 이렇게 되리라는 것을 예상하지 않았을까. 구태여 말하겠다. 우리는 결정적인 대목에서 약하다.

"이런 말 하긴 싫지만 전 최종전은 질 거라고 생각해요."

"뭣이라?"

"짜증나는 인간이죠. 하지만 그렇게라도 생각해두지 않으면 괴로워서 도무지 가만있지 못하겠어요.

"역시 그런가."

"당신도?"

"나도야."

"어머."

이런 대화가 잉어당☆카프의 팬을 일컫는 말 사이에서 오갔는지 어땠는지는 둘째치고, 요컨대 그 정도의 각오는 있었다. 그렇지

야구에도 <u>3</u>번의 기회가 있다는데

만 내심 상황이 호전되기를 기대하기도 했다. 그것이 팬의 심리라는 것이다. 그러나 현실은 어안이 벙벙할 만큼 예상대로 전개됐다. 최종 결전에서 고작 1안타 완봉패_{야구에서 무득점으로 지는 것}. 지나치게 예상 범위 안이었다는 예상 밖의 상황. 카프여, 카프, 그대는 어찌하여 그다지도 카프인가? 오늘만큼은 손에 손을 잡고 얼싸안게 되리라 기다렸던 사람에게 별안간 주먹으로 따귀를 얻어맞고 진흙탕에 내던져진 기분이다. 이제 보기 싫다. 견딜 수 없다. 하지만 우리는 그 구단의 승리를 기원하는 일을 멈출 수 없다. 이것은 이미 향토애가 아니라 '호간비이키' 끝의 상호의존형 '부모자식애愛'의 경지다.

- 호간비이키【判官贔屓】

 (미나모토 요시쓰네가 형 요리토모_{둘 다 헤이안 시대 말기부터 가마쿠라 시대}_{초기의 장수}에게 패배한 것을 사람들이 동정한 데서) 약자나 박복한 사람을 동정하여 편드는 것. 또 그 기분(『다이지린大辞林_{일본의 사전 중 하}_나』제3판)

 천하를 거머쥐는 데 필요한 지성과 정치적 사고를 갖추었던 형이 적이든 아군이든 시대의 추세를 살펴가며 적확하게 공격하거나 달라붙었던 것과는 반대로, 그릇이 작은 요시쓰네는 얼굴도 모르는 아버지의 적을 치겠다는 바보 같은 일념으로 헤이케_{平家}_{다이라平라는 성姓을 가진 미나모토의 라이벌 격 가문}로 곧장 쳐들어가는 멍청이였다고도 한다. 강대한 재력과 병력을 보유한 요미우리 자이언츠나 소프트뱅크 호크스의 팬은 이해 못 하겠지. 하지만 휘둘리고, 실망하고, 그래도 새해가 밝을 때마다 기어이 '이 아이도 올해야말로' 하고 생각하는 빨간 병 히로시마 도요 카프의 상징 색은 빨간색이다에서 우리는 벗어날 수 없다.

이리도 열변을 토하는 나지만 열아홉 살에 고향 히로시마를 떠나기 전까지는 이 팀의 안티였다. 사춘기 시절 아버지를 부끄러워하듯 카프가 부끄러웠다. "네 놈은 어딜 보고 던지는 거야, 이 바보 녀석아!" "이 자식들, 살아서 돌아갈 수 있을 거라고 생각하지 마!" 등등 온갖 극한의 욕설이 난무하는 조그만 구장. 에나쓰 유타카, 야마모토 고지, 이케가야 고지로, 기누가사 사치오, 기타벳푸 마나부 모두 1970년대부터 1980년대 사이에 카프에서 활약한 선수들, 펀치 파마 작은 컬을 곱슬곱슬하게 만 파마, 금 목걸이, 우는 아이도 뚝 그칠 험상궂은 얼굴이 줄줄이. 원폭 투하라는 괴로운 역사 보유. 그래도 소년들은 맞춘 듯 카프 모자를 썼고 시합에서 진 다음 날이면 학교에서 기분이 언짢은 교사에게 야단맞았다. "카프 싫어"라고 무심히 말할 수 없는 답답함 속에서 지금은 없어진 히로시마 시민구장의 텅 빈 3루 쪽 관중석에 앉아 다쓰카와 미쓰오 포수가 애면글면 몸에 맞는 볼을 날조하려 드는 모습을 보면서 나는 "아버지, 제발 집에 가세요" 하며 수업 참관일에 몸을 움츠리는 아들의 심정이었다. 좋아했던 건 매콤 달콤한 고기를 올린 '카프 우동'뿐. 한시라도 빨리 좁은 고향을 뛰쳐

야구에도 3번의 기회가 있다는데

나가고 싶었다. 도시에 가서 도시에 어울리는 인간이 되고 싶었다. 그런데 겨우 다다른 근사한 도시에서는 카프를 화제로 삼는 사람이 주위에 한 명도 없었다. 거리에서, 텔레비전에서 빨간색을 볼 수 없게 되었다. 그다지도 싫어했던 아버지는 누구 하나 신경 쓰지 않는 존재였다. 나는 아버지를 그동안 한 번도 사랑하지 않았던 것을 슬프게 여겼다. 아버지 바보. 여전히 지기나 하고. 어째서야. 어째서냐고. 이겨줘, 아버지. 지지 마. 아버지.

너무 늦은 효도는 없는 법이야. 이렇게 믿기로 하고 뻔뻔하게 도쿄의 야구장 3루 쪽에 앉기 시작한 지도 벌써 오래다. 24년 만의 우승도 꿈으로 돌아갔지만 그만큼의 세월 동안 이름도 연고지도 변하지 않고 구단이 존속한 것만 해도 기적 같은 행운이다. 알지도 못하는 선수나 감독을 아는 사람인 양 함부로 욕하는 것도 나고 자란 지역에 구단이 있는 자만이 태평하게 누릴 수 있는 호사다. 생각해보면 만년 B클래스였던 3년 전까지는 상상도 못 했던 열광적인 모습이다. 그것도 최종전까지 화를 내거나 손뼉을 치면서 본다. 마치 접시 구석구석 싹싹 핥아먹듯 143차례의 시합을 즐겼던 행복을 몇 번이라도 곱씹으며 음미하고 싶다. 자, 내년에도 카프. 카프 히로시마. 히로시마 카프! (존칭 생략!)

그 '싸움'은

벌써 마흔한 살인데 토요일 아침 8시까지 마셨다. 바보 아냐, 나도 생각한다. 마시지 않으면 견딜 수 없다는 건 술고래의 변명이다. 〈넘버Number^{이 글을 연재한 일본의 스포츠 잡지 〈스포츠 그래픽 넘버Sports Graphic Number〉의 약칭〉}를 애독하는 분이라면 본인 또한 건강한 스포츠맨일지도 모른다. 경멸당할 것 같으니 처음부터 사과해두겠다. 이런 식으로 살고 있는데도 건강해서 죄송합니다. 그날 돌아오는 길에 선배에게 연락을 받았다.

"파리에서 테러가 일어났는데 괜찮겠어?"

취기가 돌았던 탓에 무슨 소리인지 몰랐지만 그다음 주 월요일부터 바르샤바의 한 영화제에 참석하기로 되어 있었다. 바르샤바라 하면 폴란드의 수도다. 프랑스 쪽에서 보면 독일을 중간에 끼고 그 동쪽에 이웃해 있다. 인터넷 창을 열면 '시가지에서 100명 규모의 사상자'라는 둥 소리 없는 정보가 흘러넘쳤지만 텔레비전에서는 토요일이라 민영방송도 NHK도 산책 프로그램, 여행 프로그램, 가을의 먹거리, 배우의 토크 같은 것뿐 테러의 '테' 자도 안 보인다. 몇 시간 전 술집에서 친구와 "9·11이 터졌을 무렵에 뭐 했어?"라는 이야기를 나눈 것을 떠올렸다. 친구는 "그 시절로 되돌아가고 싶어. 그리고 인생을 다시 시작하고 싶어"라고 중얼거리며 다섯 잔째인 술잔을 지그시 바라보고 있었지만, 나는 여행지의 호텔 브라운관에서 흘러나오던 예의 그 영상을 떠올렸다. 체크아웃 시간이 임박해 허둥대긴 했어도 망막에 새겨질 만큼 영상은 이미 거듭 재생되고 있었다. 반면 이 침착함은 무엇일까. 뉴욕과 파리. 둘 다 세계 굴지의 대도시인데. 녹화된 영상에 세계를 놀라게 할 충격이 있는가 없는가의 차이일까. 적어도 9·11이 9·11로서 세계에 인식되기 위해서는 사람들의 상식을 훌쩍 뛰어넘은 그 세계무역센터 붕괴 영상 자료가 반드시 있어야 했다.

올랑드 대통령은 비상사태를 선언했고 국경은 폐쇄되었지만 파리 중심지에서 동시 테러가 일어난 다다음 날의 바르샤바행이 얼마나 위험할지는 결국 확실히 알 수 없었다. 폴란드는 IS의 테러 표적이 된 적은 없지만 유지연합'뜻이 맞는 국가들의 연합'이라는 뜻으로 여기서는 반테러 전쟁에 참가하는 미국 주도 연합군을 뜻한다 참가 의사는 표명하고 있었다. 비행기는 러시아의 아에로플로트, 모스크바 경유. 몇 주 전에 공중 폭파되어 승객이 전원 사망한 것은 다른 저

가항공사의 러시아기였지만 함께 가는 해외 배급 책임자는 "관 둡시다"라며 가지 말자는 말을 꺼냈다. 이유는 내가 새끼 딸린 몸이기 때문이다. 연초부터 1년에 걸쳐 신작 영화를 만들었고 12월에 나머지 30퍼센트의 촬영을 기다리고 있는 몸이다. 배급 회사는 '이런 위험 속에서 감독을 보낼 수 없다'는 뜻이겠지. 나 는 내 몸이 북방에서 공중분해되었을 때 "이 몸이 하겠소"라며 나 대신 영화의 겨울 편을 찍어줄 사람이 있을까 멍하게 생각했 다. 다들 싫어하겠지. 그리 되면 촬영 보류인가. 젠장. 초안부터 3년, 간신히 여기까지 왔는데. 우리가 가기로 한 바르샤바의 영 화제는 지역에서 주최하는 소규모 행사고, 내 작품은 상을 두 고 다투는 경쟁 부문과는 관계없을뿐더러 유명인도 안 온다. 세계 각지에서 오는 사람들을 대상으로 열리는 시장도 없다. 하 지만 내년에 신작이 완성되어 만에 하나 유럽의 더 큰 영화제 에 초대받기라도 하면 러시아기든 무슨 기든 넙죽넙죽 올라타 서 갈 내 모습을 상상했다. 진드기에 물린 다리를 내놓고, 드레 스 같은 것을 입고. 우웩. 나는 책임자에게 전화를 걸었다. "역 시 가면 안 될까요?" 아마 술이 덜 깼던 거겠지.

영화 관계자의 바르샤바행을 둘러싸고도 이런 옥신각신이 있다. 폭발이 일어난 축구 경기장에 있었던 사람들의 공포는 물론, 멀리 떨어진 보르도에서 열리고 있었던 피겨스케이팅 프 리 연기 중단 사태는 선수들에게도 괴로운 일이었을 터다. 정해 진 경기 일정을 향해 일편단심 거듭해온 고독한 단련이 무無로 돌아갔다. 적어도 탈 수 있는 만큼은 타게 해줘, 나라면 이렇게 생각했을 것이다. 그들 역시 '싸우고 싶었을' 것이 틀림없다.

'투쟁' 역시 인간의 업業이다. 고통이지만 구원도 될 수 있다. 테러를 감행한 사람들은 유럽 여기저기서 이민자로 생활해 왔다는데, 그들 중 다수에게는 '싸움'에 몰두하는 일이 실직이나 차별로부터 해방되고 자기 자신을 인정할 수 있는 유일한 수단이었을지도 모른다. 세계에는 사람 수만큼의 싸움이 있지만 타인의 싸움은 이해하기 어렵고 무의미하게도 보인다. 자기 싸움이 훨씬 더 괴롭다고 생각해버린다. "싸우는 너의 노래를 싸우지 않는 녀석들이 비웃겠지"라는 노래 가사도 있는데, 우리의 세계는 타인의 싸움을 깔보고 서로를 망가트리는 답보 상태에서 대체 어떻게 해야 빠져나올 수 있을까.

바르샤바의 관객들은 밤늦은 상영에도 많이들 와줬다. 일반에 공개되는 작품은 할리우드 영화가 대부분이라서 그 외의 작품에 굶주려 있다고도 했다. '그 외'에 들어가는 나로서는 감사한 일이다. 가까운 유럽권에서 오는 게스트는 물론이고 아시아권 게스트 중에도 파리 테러를 이유로 방문을 취소한 사람은 한 명도 없었다고 한다. 우리 쪽 대리인이 "안 갈지도 모른다"라는 말을 꺼냈을 때는 '이봐, 정말이야?' 싶었다며 주최자가 웃었다. 엄청난 겁쟁이로 여겨질 뻔한 대목이기도 했으나 행동하는 것을 용기라고 부를지, 자숙하는 것을 신중함이라고 부를지는 주사위를 던져보지 않으면 모른다. 세 번의 상영을 끝마치고 돌아오는 모스크바에서도 우리는 막힘없이 통과하는 출국 심사대에서 한 아랍계 남성이 끝도 없이 긴 질문을 받고 있었다. 나로서는 도저히 헤아릴 수 없는 피로와 체념, 희미한 분노가 서려 있는 눈을 하고서. 지금은 러시아 하바롭스크 상공. 도쿄까지 앞으로 1500킬로미터. 과연 여행은 무사히 끝날까.

야구에도 3번의 기회가 있다는데

해피엔드보다 감동적인

고락은 함께

대략 1년 전부터 사계절을 따라 촬영해온 신작 영화를 작년 말 크랭크업했다. 집필 기간에는 완전히 밤낮이 뒤바뀌어 동쪽 하늘이 밝아올 때까지 책상에 달라붙어 있는 나지만, 막상 촬영팀과 합류하면 아침에는 4시 기상도 당연해지고 동분서주하는 나날을 보내게 된다.

촬영팀 사람들은 두뇌형인 동시에 지극히 육체형이기도 하다. 무거운 촬영 기재, 조명 기재, 세트 문짝, 장식품, 의상, 도시락 50인분, 쓰레기 50인분을 각 부서 사람들이 어깨와 등에 짊어진 채 더운 날도 추운 날도 내내 서 있다. 배우는 무거운 짐을 옮기지 않는 대신 폭풍이 휘몰아치는 해변에서도 눈을 뜬 채 웃는 얼굴로 대사를 치고 남들 앞에서 옷을 벗고 허리를 흔들고 때리고 얻어맞고 의상 아래로 멍을 만들어가며 몇 테이크

나 대판 싸움을 한다. 그런 가운데 나만 혼자 말 그대로 대본보다 무거운 것은 들지 않는 신분이다. 무엇을 돕는다고 해서 벌을 받지는 않겠지만 기민했던 조감독 시절로부터의 공백도 벌써 십수 년, 이제는 갑자기 남의 일을 돕겠다고 나서봤자 꼴사나울 정도로 솜씨가 없어서 젊은 친구들이 "괜찮아요, 괜찮아요" 하며 신경을 쓰게 만드니, 원 밖에서 손가락을 물고 멀뚱히 서 있다. 마치 교정 구석에서 체육 수업을 견학하는 감기 걸린 아이 같다. 대본을 펼치고 언짢은 표정만 짓고 있으면 용서받기라도 하나? 내가 스태프라면 이렇게 생각하겠지. 하루에 한 번씩 납죽 엎드려라. 손바닥을 땅에 대고 "늘 죄송합니다" 하며 울어라. 하지만 실제로 싫은 소리를 대놓고 하는 사람은 없다. 그렇게 생각할 여유조차 없는 모습을 하고 다들 필사적으로 돌아다닌다. 카메라 옆에서 문득 올려다보면 길고 긴 마이크 봉을 떠받친 젊은 녹음부 스태프의 두 팔이 후들후들 떨리고 있다. 힘껏 만세를 하고 있는 것이 아니다. 카메라의 화각에 따라 프레임을 침범하지 않는 한계선을 눈대중해가며 배우의 움직임이나 대사의 틈새에 맞춰 봉을 움직이고, 마이크 끝의 방향을 목소리가 잘 녹음되는 각도로 몇 밀리미터 단위로 바꾸고 있다. 그 이마에서 연신 배어나와 뚝뚝 떨어지는 땀방울을 바라보며 한숨을 내쉬었다. 나에게 자식은 없지만 기왕 같은 일을 한다면 아이가 이런 직업을 가지면 좋을 것 같다고 멍하니 상상하기도 한다. '땀 흘리며 일한다'는 표현이 몸에서 나오는 땀

만을 일컫는 것은 아니지만, 말이나 아이디어나 이미지처럼 실체가 없는 것을 축으로 살아가는 나 같은 사람에게는 지적으로 연마된 육체를 기반으로 서 있는 사람이 영원히 눈부시게 보인다. 당해낼 수 없겠다는 생각도 한다.

크랭크업을 했다는 방심과 동시에 2015년은 막을 내렸고 새로운 해가 찾아왔다. 드물게도 느긋하게 본가 고타쓰밥상에 이불을 덮은 형태의 온열 기구로 상 아래에 전기난로가 붙어 있다에 앉아 하코네 에키덴1월 2~3일에 열리는 간토 지방 대학생들의 릴레이 마라톤 경기을 봤다.

실황 중계에서 각 선수의 성장 내력이나 불행한 가족사 등을 자못 나니와부시샤미센 반주에 맞춰 의리나 인정을 노래하는 일본 고유의 창唱풍으로 읊는 데 놀랐지만, 이뿐만 아니라 일본에서 새해를 맞는 풍경에는 모든 게 회고적인 경향이 있어서 그런 습관이 무의식적으로 유지된다. 산뜻한 초록색 유니폼으로 완전한 우승을 이루어낸 아오야마가쿠인대학의 질주는 팬을 감탄시키는 쾌거였겠으나, 그런 와중에 돌아오는 길 7구區하코네 에키덴 코스의 10개 구간 중 7번째 구간에서 가장 뒤처져 달리던 조부대학 1학년생이 총탄에 우측 폐가 뚫린 듯이 오른쪽으로 휘청, 왼쪽으로 휘청, 의식 몽롱, 땅바닥에 손을 짚어가며 그럼에도 멈추지 않고 달리는 모습을 본 순간 올해의 내 첫 '비명'이 터져나왔다. 가혹한 연습과 동료와의 결속으로 승리한 선수에게 순순히 감동해야 하는지도 모르겠으나, 결국 이런 반쯤 가여운 듯한, 봐도 되는지 안 되는지 헷갈리는 장면에 "아! 아! 아앗!" 하며 못 박힌 듯 꼼짝을

못 하는 것은 신기한 일이다. 그렇게까지 해서라도 동료에게 어
깨띠하코네 에키덴에서는 바통 대신 어깨띠를 건넨다를 건네려 하는 하코네의
정신에 감동했다기보다, 단순히 그 육체의 괴로움 자체에 숨 죽
이며 마음을 사로잡혔다. 이건 사디즘인가? 고타쓰에서 몸을
움츠린 채 즐기는, 정초부터의 악취미인가?

　　그로부터 2주 뒤 럭비 톱리그일본 럭비 리그의 명칭의 결승을 눈
앞에 둔 파나소닉의 호리에 쇼타 주장이 "우리가 하는 괴로운
시합이 보는 사람에게는 반드시 즐거움을 줄 거라고 생각한다"
라고 다부지게 말하는 것을 들었다. ……들켰다. 지난 가을 영
국에서 열린 럭비 월드컵에서 일본 국민은 틀림없이 그 즐거움
의 세례를 받았다. 일본팀이 남아프리카팀을 이기는 것에 얼마
만큼의 가치가 있는지를 알고 봤던 사람은 일부일 터다. 하지만
어쨌거나 그 이상으로 럭비라는 스포츠의 괴로움에 심장이 신
선하게 쿵쾅거리지 않았는가. 우리는 승부만 보고 싶은 게 아니
다. 승부의 뒷면에 있는 아름다운 정신에 대해서만 듣고 싶은
것도 아니다. 육체의 괴로움은 사람을 흥분시킨다. 살아 있다
는 것을 실감하게 만든다. 비록 내 몸은 고타쓰 안에 있지만. 작
년에 거둔 쾌거 이후의 큰 파도를 놓칠 수 없다는 듯 그 육체를
걸고 맹세하는 호리에 주장의 쇼맨십은 종래 인기 스포츠의 유
력 인사들에게 뒤지기는커녕 그 이상으로 믿음직해서 더더욱
기대가 된다.

　　스포츠 뉴스를 끈 나는 크랭크업한 영화의 9개월 전 촬영

분부터 모조리 다시 보기 시작했다. 이 영화에 캐스팅한 여자아역 배우는 당시 갓 다섯 살이 된 참이라 연기 경험도 없었고 NG를 무수히 연발했다. 촬영 내내 툭하면 까불어대고, 떼를 쓰고, 세트를 부수고, 꾸벅꾸벅 졸고, 연기 중에 카메라 렌즈를 빤히 바라보고, 스태프를 쿡쿡 찌르고, 물고, 한마디 대사조차 못 외우고, 똑바로 걷게 만드는 것만으로도 날이 저물었다. 모두가 머리를 감싸 쥐고 몇 번이나 하늘을 올려다봤던가. 이제 틀렸는지도 모른다고 그때마다 생각했지만 신기하게도 여름, 가을로 시간이 흘러 조금씩 애를 덜 먹게 된 이후에 찍은 것보다 본인도 우리도 고생 고생하며 찍은 봄 편 촬영분이 훨씬 반짝반짝 빛나 보인다. 늘 단박에 OK를 받는 천재 아역을 데리고 같은 장면을 찍어보시지, 하며 가슴을 펼 수 있다. '괴로운 시합일수록 보는 사람에게는 즐거움을 줄 거라고 생각한다.' 아아, 골치 아프다. 구경거리를 만들어내는 일에 종사하는 자의 마음가짐으로서 그 말을 가슴에 새기며, 올해도 어떻게든 헤쳐 나가자고 다짐한다.

이것밖에
없지만

"There are no other cases. This is the case(다른 케이스 따윈 없어. 이게 바로 그 '케이스'야)."

〈심판〉이라는 영화 중 잘나가다 추락해서 술독에 빠져 사는 중년 변호사 폴 뉴먼이 대형 병원을 상대로 한 불리한 의료 과실 사건에 자신의 기사회생을 걸고 중얼거리는 대사다. 3, 4년에 한 편이라는 느린 속도로 영화를 만드는 나 자신을 격려하는 말로 이 대사를 가슴에 새겨왔다. 주위에서는 더 쭉쭉 찍으라고 말한다. 하지만 그런 말을 듣는다고 아이디어가 떠오르는 건 아니다. 겨우 돋아난 기획의 싹 같은 것을 질금질금 다듬는 사이에 금세 1, 2년이 지난다. 나날이 저금을 탕진한다. 다른 사람들은 다들 겹치기로 두세 편을 한대요, 같은 소문도 들려온다. 오로지 나만 서투르고 우둔하다는 생각이 들기 시작한

야구에도 3번의 기회가 있다는데

다. 그럴 때는 폴 뉴먼에게 맡긴다. 나는 DVD를 플레이어에 집어넣는다. 그리고 그 대사를 곱씹으며 스스로를 긍정하려 한다. 달리 아무것도 없다 한들 내게는 이것이 있다. 이것만 있으면 내 인생은 아직 빛난다, 하며. 그야말로 영화의 올바른 효능이다. 스토리와는 전혀 관계없는 사람의 관계없는 고민에 도움을 주는.

무언가에 몰두해서 살아갈 수 있다는 것은 행복이다. 어른은 아이에게 "뭔가 몰두할 수 있는 것을 찾아봐" 하고 조언한다. 몰두할 것만 있으면 매일이 활기로 가득해진다. 인생의 가치라든지 내가 사는 이유라든지, 어려운 것은 생각할 짬도 없다. 아니, 생각한다 해도 모든 것은 지금 몰두하고 있는 이 '케이스'를 위해서만 존재한다는 사고방식으로 귀결시키면 된다. 지극히 심플하다.

그러나 푹 빠져 있던 길만을 추구하던 시간도 이윽고 끝난다. 그리고 해야 할 일을 잃어버린 순간, 인생은 어쩔 도리 없이 그 의미를 캐묻는다. 내게는 영화가 한 편 완성된 순간 그때가 온다. 떠들썩한 방 안에서 펄펄 끓어오르던 주전자가 창백하게 얼어붙은 바다로 내던져지는 듯한 느낌이다. 상영이 끝나 완성을 축하해주는 사람들에게 "감개무량하네요"라며 웃는 얼굴로 인사한다. 거짓말이다. 진심을 말하자면 "제게는 이제 아무것도 없어요. 내일부터 있으나 마나 한 인간이에요. 어떻게 살아가면 좋을까요?"다. 이, 이건 성가시지!

다시 말해 사람들이 이야기하는 '번아웃 증후군'이다. 무엇을 해도 의욕 없는 매일이 시작된다. 미래가 보이지 않고 과거를 돌아보는 것도 싫다. 내가 한 일을 남이 비난하면 고개를 푹 숙이는 주제에 칭찬을 받으면 또 초조해진다. 내게는 과거밖에 없는 건가, 생각하며 울고 싶어진다. 의사한테 가! 하고 혼날 수도 있지만, 그 상태에서 빠져나오기 위해 내가 쓰는 수단은 약이 아니라 억지로라도 새로운 이야깃거리를 쥐어짜내는 것이다. 요컨대 술 마신 다음 날의 해장술과 마찬가지로 근본적으로는 아무것도 해결되지 않는다. 하지만 어쨌거나 스스로를 같은 루틴에 올려놓음으로써 과거에 얽매이지 않고 넘어간다. 다시 한번 나의 존재 이유를 찾아낸 듯한 기분이 들고 희로애락이 되살아난다. 흥분도 하고 낙담도 한다. 때로는 전능감全能感이나 희열도 찾아온다. 이것도 일종의 의존증이겠지.

일본 프로야구에서 활약한 선수라면 그 몰두 방식이야 내게 비할 바가 아닐 것이다. 무시무시한 고양의 끝에는 분명 무시무시한 허무가 기다리고 있을 것이다. 우리는 스포츠의 세계에 늘 꿈이나 기대를 과도하게 싣고 싶어 한다. 프로스포츠처럼 혹독한 세계에서 이름을 날리는 초인은 신체뿐만 아니라 인품이나 인생철학도 분명 특출하게 성숙할 거라고. 그러나 인간의 세로축과 가로축이 그렇게 딱 맞아떨어질 리 없다. 평범한 사람은 가져본 적도 없는 능력과 압박을 짊어져온 사람이기에 단추 하나를 잘못 끼운 것만으로 더더욱 요란하게 몰락하기도 하

야구에도 3번의 기회가 있다는데

지 않는가. 유소년기부터 좁고 특수한 세계에서만 살아와서 경기장 바깥의 사회적 기술이 없는 선수들이 은퇴 후 건강하게 일반 사회에 적응해나가는 일은 쉽지만은 않을 터다. 단기간에 벌어들인 평생 놀고먹을 만큼의 돈은 '나는 왜 존재하는가'라는 늪과 같은 질문에도 답을 줄까. 만약 그렇다면 굉장하겠지만.

'이것밖에 없다'라고 생각하지 않으면 승부 같은 건 할 수 없다. 하지만 '이것밖에 없다'라고 생각했던 것이 손에서 스르륵 빠져나갈 때도 있고, 일이든 가족이든 육체든 망가질 때는 망가진다. 그럴 경우 '이것만 있는 건 아니다'라는 생각으로 다르게 살아갈 기술을 찾아낼 힘을 지성이라고 부르는 게 아닐까. 힘, 숫자, 이익, 명예. 그런 것들이 마천루처럼 높게 뻗어나갈 것이 요구되는 세계에서 각축을 벌이기란 매우 힘들어도, 그 또한 세상의 일부에 펼쳐져 있는 작은 가치관에 지나지 않는다. 홈런을 치는 건 멋진 일이지만 홈런을 치지 않아도 살아갈 방도는 반드시 있다. '이것밖에 없는 것'에 전념하는 사람들 주위에 그런 유연한 지성을 전달하는 존재가 있다면 좋을 텐데.

나 자신을 타이르는 듯한 글이 되고 말았다. 이제 곧 나는 구상으로부터 4년이 걸린 영화를 완성시킨다. 4년이라는 세월, 그것밖에 없었다는 사실을 깨달아야만 하는, 명백히 눈에 보이는 날이 머지않았다. 아아, 무서워라.

기억하고 있어?

리우올림픽이 벌써 코앞으로 다가왔다. 날마다 출전이 걸린 시합이나 선발에 관한 뉴스로 시끄럽다. 나도 최근 4년 만에 신작을 완성했는데, 4년이란 긴 세월이다. 새로 정든 사람도 떠나고 관자놀이 안쪽 깊숙한 곳에는 흰머리가 났다. 솔직히 말하자면 4년 전의 일 같은 건 잘 기억나지 않는다. 런던? 007 시리즈의 다니엘 크레이그가 버킹엄궁전에서 엘리자베스 여왕을 헬리콥터로 에스코트했던가^{2012년 런던올림픽 개막식 특별 영상 속 풍경}. 왕궁이 촬영 허가를 내주다니 과연, 하고 놀랐다. 마라톤을 보다가 선수들 양옆에 보이는 나무와 건물이 아름다워서 탄성이 나왔다. 근사한 도시를 여행하는 기분을 맛보기에는 낯선 고장, 먼 고장에서 올림픽이 열리는 게 최고라고 생각했다. 그런데 금메달…… 대체 누가 땄더라? 텔레비전 앞에 달라붙어 응원하던 날도 있으면서 단박에 떠오르지 않는다. 나의 해마가 그렇게나 늙었나 싶어 30대 초반 후배들에게 물어봤더니,

"런던요? 어, 보통 요시다 사오리가 아닐까요. 그리고 이초 가오리둘 다 레슬링 선수."

"'보통'이 뭐야."

"아니, 아마도 그 두 사람이라면 틀림없이 땄을 것 같달까요……."

"유도는?"

"그건 땄겠죠! 어, 못 땄던가요? 어라, 마쓰모토는……."

"아아, 마쓰모토 가오루! 그게 런던이야?"

"런던이에요. 음? 아닌가?"

이 애매함은 대체 뭐란 말인가. 우리 회사 인재의 두뇌에 문제가 있나 싶어서 도쿄대 출신 프로듀서에게 같은 질문을 던졌더니 "음, 지난번? 아테네예요?"라고 대답. "딱 그 무렵 출산을 해서 배 속에 있던 거랑 전부 함께 내보낸 모양이에요"라며 얼굴을 붉혔다. 학창 시절 성적은 관계없음! 몇 번인가 야구와 스모를 함께 보러 간 스포츠를 좋아하는 친구(우)에게 전화를 걸었다.

"애틀랜타?"……절망적인 대답. 그래도 "우치무라체조 선수는 생각 나"라고.

"좋았어. 그럼 우치무라 고헤이가 금메달을 딴 순간은 기억해?"

"응. 분명히 착지한 다음에 주먹을 불끈 쥐는 포즈 같은
걸……"

"그 사람은 이기면 늘 착지 후 주먹 불끈이야. 그거 지난번
올림픽 때 기억 맞아?"

"그렇게 들으니 좀……"

여자는 현재를 사는 동물이니까? 과거에 집착하고 데이터
에 집착하고 명예에 집착하는 남자라면? 하는 생각에 동향 출
신의 동갑 친구(♂)에게 전화했다. 원래라면 스포츠 신문을 구
석구석 샅샅이 읽을 나이인 샐러리맨.

"지난번? 그건 런던이지."

"누가 금메달 땄어?"

"누구였더라. 누구야! 기억이 안 나! 아, 그 녀석! 어쩌고무
라였는데. 어쩌고무라 고헤이!"

"그 녀석이라니……"

"그리고 그 녀석! 펜싱 선수가 은메달! 나, 닮았다는 소리
좀 들어."……정말이지 엉망진창이다(오타 유키 선수가 개인전에
서 은메달을 딴 것은 베이징올림픽입니다).

이름이 언급된 메달리스트 여러분, 정말 실례했습니다. 절
대로 이게 국민 평균이라고는 말하지 않겠습니다. 하지만 나 역
시 복잡한 심정이다. 물이 펄펄 끓어오르듯 응원하고, 획득한
개수를 헤아리고, 선수도 '국민을 위해'라며 분발하는 그 금메
달이란 대체 무엇인가.

지난번에 '현청의 별'이라 불리는 시민 러너 가와우치 유키 선수가 막다른 골목이라고들 했던 리우올림픽 출전을 걸고 비와호湖 마이니치 마라톤국제 대회 대표 선수 선발전을 겸하는 남자 마라톤 대회에 나갔다. 작년 말 후쿠오카 국제 마라톤에서 일본 선수 가운데 4위, 전체 8위에 머문 가와우치 선수는 2시간 6분 30초 돌파가 살아남기 위한 조건이라고들 했는데, 만약 비와호 경기에서 일본 선수가 1위를 하면 선발에 파란이 일어날 거라는 소문도 있어서 출발 전 중계석에서는 연신 그의 이름이 들렸다. 그러나 초반부터 빠른 속도로 경기가 펼쳐지는 가운데 가와우치 선수는 전반 17킬로미터 지점에서 선두 그룹으로부터 슬금슬금 멀어지기 시작했고, 가장 빠른 선수를 담는 중계 카메라의 프레임 속에서 콩알처럼 작아지더니 이윽고 완전히 모습을 감추었다. 30킬로미터가 지나도 40킬로미터가 지나도 두 번 다시 그 모습이 화면에 잡히는 일 없이 야스카와전기의 기타지마 히사노리 선수가 일본 선수 1위로 상쾌한 미소와 함께 골인 테이프를 끊었다. 한 사람, 또 한 사람 선두를 다투던 선수들이 도착하는 가운데 이제 누구도 가와우치 선수를 화제로 삼지 않았다. 어쩌면 또 물을 섭취하는 데 실패해서 지금쯤 어딘가에 쓰러져 있는 것이 아닐까 생각한 순간, 그는 불쑥 경기장으로 날아들었다. 평소처럼 어마어마하게 괴로워 보이는 표정으로 격렬하게 달려서 마지막에는 런던올림픽 6위였던 나카모토 겐타로 선수를 제치고 테이프를 끊었다. 전체 7위. 기록은 2시간

11분 53초. 리우행은 무산되었다. 완패 성적일 것이다. 하지만 나는 너무도 의아했다. 그렇게나 뒤처져 있었으면서 결과적으로 일본 선수 중 5위. 대체 어디서부터 반격한 걸까. 어떤 표정으로 몇 명을 하나하나 앞지르며 도착한 걸까. 그 장면을 보고 싶었는데. 선두를 다투는 사람에게만 빛이 닿는 것이 스포츠다. 그러므로 강해야 한다. 하지만 아무도 보지 않는 장소에서도 황홀한 수 싸움과 근성 대결이 별의 개수만큼 존재하는 것 또한 사실이겠지.

금메달을 따길 바란다. 하지만 금메달이 없는 곳에서 벌어지는 일도 조금 더 보고 싶다. 영화도 해피엔드의 종류는 몇 가지로 한정되나 해피엔드에 이르기까지는 오만 갈래의 선택지가 있다. 사람들을 행복하게 만들기 위해서는 해피엔드를 보여주면 될 것 같지만 그게 아닌 이유는, 그렇지 않은 오만 갈래의 길속에 보다 감동적인 드라마의 가능성이 있기 때문이다.

주위 사람들 상태가 너무도 심각해서 마지막에 밑져야 본전이라는 심정으로 전화해본 친구가 말했다.

"아무것도 기억이 안 나는데. 하지만 계영에서 은메달을 딴 남자 수영 선수가 '고스케 선배를 빈손으로 보낼 수는 없어 오랜 시간 뛰어난 실력으로 일본 수영계를 이끌어온 기타무라 고스케 선수가 당시 개인전에서 메달을 따지 못하자 후배인 마쓰다 다케시 선수가 계영 경기를 앞두고 했던 말'라고 했던 건 생각나. 그 말을 듣고 회사를 그만두는 후배를 위해 모두 함께 공들여 기념품을 만들었어. 그 녀석은 누군가가 독립해서

나갈 때도 엄청 정성스럽게 환송해줬던 놈이었거든. 그 녀석을 빈손으로 보낼 수는 없다고 나도 말했어."

이런 것 역시 올림픽의 선물일지도 모른다.

'살아 있다'

나는 도박을 하지 않는다.

경마, 경륜, 경정, 오토바이 경주, 복권, 파친코, 카지노, 야구, 마작. 온라인, 오프라인, 위법, 합법을 불문하고 한 번도 빠진 적이 없다. 어째서인가. 대답은 간단하다. '구두쇠'기 때문이다. 돈을 날리는 게 무섭다. "두 배, 세 배를 벌 수도 있어요"라고들 하겠지. 그 수법에 넘어갈쏘냐. 내게는 그런 운이 없다.

작업실에 있는 후배들도 아슬아슬한 취미가 없는 청년들뿐이다. "왜 도박을 안 해?" 물어봤더니 "처음 했던 파친코에서 돈을 날렸으니까요. 황홀감이 안 드는 것에 돈을 쏟아부을 수는 없죠"라고 대답했다.

"황홀감이 드는 것에는 쏟아붓고?"

"제 경우에는 담배예요. '백해무익'이라고 째려봐도 저한테는 그 시간이 좋으니까요. 세금을 많이 내도 손해를 본다는 생각은 안 해요. 니시카와 선배가 술을 마시는 것도 마찬가지잖아요."

"나는 손해 같은 거 안 봐."

"뭐가 구두쇠예요. 그 머리 아파지는 물에 이제껏 대체 얼마를 쏟아부은 거예요?"

"그만해. 부탁이야."

아버지가 도박광이었다는 선배 영화감독에게 이야기를 들어봤다. 그의 아버지는 경륜장에서 마지막 한 바퀴를 알리는 타종 소리가 땡, 땡 들려오는 순간 '살아 있다'고 느낀다고 아들에게 말했다. 밑천이 떨어지면 근처 버스 정류장에 서 있는 생판 모르는 사람에게도 돈을 빌려서는 며칠이나 집을 비웠다. 한몫 잡아서 의기양양하게 돌아온 적은 한 번도 없었고, 먹지도 마시지도 않으며 1엔까지 싹싹 긁어 연신 돈을 건 끝에 비쩍 말라붙은 모습으로 귀로에 올랐다. 어느 역에서 아버지를 데리러 와달라는 전화가 온 적도 있었다.

"누가 날 때렸나봐. 정신을 차려보니 빈털터리로 플랫폼에 쓰러져 있었어"라고 거짓말을 했다.

"당신, 달리 살아 있다고 느낄 때는 없어?" 애원하듯 묻는 어머니에게 "없어"라고 쌀쌀맞게 대답했다고 한다.

어린 아들은 아버지를 이해할 수 없었지만 성인이 되고 영화를 만들면서 자신과 닮았구나 하며 깜짝 놀랐다. 밤낮이 뒤

바뀐 채 각본을 쓰고 있을 때, 현장에서 기진맥진 시간에 쫓기고 날씨 때문에 괴로워하며 궁지에 몰린 한계점에서 카메라 앞에 무언가가 뿅 하고 튀어나오기를 온몸으로 기도하는 그 순간, 모든 것을 잊고 무념무상이 된다. 남몰래 '살아 있다'고 느낀다. 누구를 울리고 있든 말든 아무래도 상관없어진다. 드러난 방식이 달랐을 뿐, 결국 온몸에 같은 피가 흐르는 것이다. "그래서 나한테는 도박 따윈 필요 없어"라고, 그 사람은 숙명을 받아들이듯 말했다.

아들의 눈에 행복해 보인 적은 없었지만 아버지는 죽을 때까지 돈을 빌려 연신 복권을 긁었다고 한다. '살아 있다고 느끼는 것'과 '행복감'은 같지 않다. 틀렸어, 괴로워, 이제 절망적이야, 하며 얼얼함을 느끼는 순간이야말로 전자일 수 있다. 그런 위기적 감각을 견뎌낼 수 있는 사람이 아니고서야 승부의 세계에서 살아갈 수 없을 테지만, 그 감각을 일단 알아버리면 더 이상 평온함이나 부드러운 사랑만으로 인생을 납득하는 것이 어려워지기도 한다.

불법 도박장에 드나들던 스포츠 선수가 징계를 받으며 "승부의 세계 속에 살고 있기 때문에 흥미가 생겼다"라고 말했다. 매일 반복되는 연습으로 육체를 철저하게 괴롭히고 나라를 짊어질 정도의 중압감도 부과되었을 텐데, 그럼에도 여전히 다른 데서 얼얼한 감각을 맛보고 싶을 정도의 여력이 있다니. 나는 놀랐다. 만약 그렇다면 엄청난 잠재력이겠지만, 그런 무거운 중압

야구에도 3번의 기회가 있다는데

감에도 이미 무감각해졌던 것인지 모른다. 그들의 불행은 자신들의 진짜 도박장에 전부를 쏟아붓지 못한 것이다. 같은 일이 반복되었던 탓에 다른 바람을 쐬고 싶어진 걸까, 아니면 이제 여기서는 이길 수 없다며 마음 한쪽이 식어버린 걸까. 어느 쪽이든 인간의 황홀감만은 교육으로 전해주거나 빼앗을 수 없다. 승부의 세계에서 오랫동안 성실하게 실적을 남긴 사람은 세계적으로 존경받기도 하지만, 아직 더 갈 수 있어, 아직 이길 수 있어, 아직 쓸 수 있는 방법이 있어 하며 도를 넘은 수준으로 본업에 자기 자신을 걸고 있는 행복한 도박 중독자가 아닐까라는 생각도 한다.

수영의 기타지마 고스케 선수가 올림픽 대표에서 빠졌다. 그를 밀어낼 정도로 후배들이 성장했다는 뜻이다. 언제까지고 '기타지마'만 응원하는 모습을 봐야 하는 젊은 세대의 입장도 되어보라며 스스로를 타일렀지만 실적이 훌륭할 뿐만 아니라 '스타'이기도 했던 만큼 그가 떠나는 것은 역시 쓸쓸하다. 경기장 밖에서는 애교 넘치는 땡글땡글한 눈이 스타트가 가까워짐에 따라 예리하게 날카로워지는 모습을 보는 게 좋았다. 이 짐승의 눈을 가진 자만이 세계를 거머쥐는 거야, 하며 몸이 뜨거워졌다. 그가 몇 번이나 출전한 올림픽에서 결승선까지 20미터를 남겨뒀을 때, 보는 사람은 가라! 제쳐라! 달아나라! 크게 소리 지르며 분명 '살아 있다'고 느꼈을 것이다. 수영이라는 스포츠를 조금 더 보고 싶다는 황홀감도 마음속에 심어줬다. 선발전

최종 레이스가 끝난 뒤 그 눈에서 넘쳐흐른 눈물의 이유를 묻자 "인터뷰하는 사람이 울고 있는걸요, 치사해"라는 안성맞춤의 명대사를 남기고서 스타는 수영장을 떠났다. 기타지마 씨가 또 얼얼하게 끓어오르는 제2의 인생을 맞이하기를 기원합니다.

야구에도 3번의 기회가 있다는데

그 장소야말로

카프가 너무 잘 치고 있다. 불안하다.

오늘 저녁에도 야쿠르트 스왈로스를 상대로 9대 0의 완봉승_{상대 팀에게 점수를 내주지 않고 이기는 것}. 그러나 우리 빨간 헬멧당_{카프의 애칭인 '빨간 헬멧'에 당党을 붙여서 '카프의 팬들'이라는 뜻으로 쓴 것}은 작년 A클래스 진입을 걸고 돌입했던 페넌트레이스 최종전인 주니치 드래건스와의 경기에서 입은 1안타 무득점의 상처를 잊을 수 없다. 반드시 찾아오는 시즌 후반의 안정적인 타선 부진. 어느 가정에서나 저녁밥 냄새와 함께 "좀 쳐라!" 하는 성난 목소리가 새어 나오는 것은 히로시마의 가을을 느끼게 하는 풍경이다.

그래도 '잉어의 계절'이라 불리는 골든위크_{일본에서 4월 말부터 5월 초까지 휴일이 많은 주간}까지는 기세가 좋은 것도 매년 있는 일이다. 때는 지금이라며 연휴 기간에 내 고향 최고의 오락 시설인 대

궐 같은 마쓰다스타디움을 방문했다. 미국 야구장을 본뜬 개방적인 분위기, 화창한 5월에 빛나는 천연 잔디, 웬만해서는 면이 불지 않는 일품 카프 우동에 푸드 코트를 방불케 하는 풍성한 먹거리, 칭얼거리기 시작한 아이들도 만족하며 기뻐할 키즈 스페이스. 결정타로 유명 연예인이 릴레이 형식으로 열창하는 카프의 팀 응원가 〈가라, 카프〉가 전광판에서 흘러나오면 흥분은 절정에 달한다. 그 작은 히로시마 시민구장이 헐릴 때는 가슴이 미어졌지만 이야, 이곳이 바로 지상낙원이다.

시내 중심부인 가미야초 옆에 있는 구 시민구장 부지는 토지 활용 문제로 행정 당국과 산프레체 히로시마 FC가 옥신각신하고 있다. 빈터인 채 '아무것도 아닌 장소'로 몇 년이나 방치한 그 금싸라기 땅에 산프레체는 새 경기장을 만들고 싶어 하지만 행정 당국이 난색을 표하고 있다나.

산프레체 히로시마라 하면 지금은 우는 아이도 뚝 그칠 강호다. 나는 J리그 발족 이듬해에 고향을 떠나서 그들의 역사와는 엇갈리고 말았지만, 작년 말 우연히 신주쿠 고깃집에서 FIFA 클럽 월드컵 준결승전을 봤을 때는 감동한 뒤에 당황했다. 이런 수준 높은 클럽 팀의 본거지가 아직도 그렇게나 접근성 나쁜 입지에 있다니. 산프레체의 홈구장은 시가지에서 산을 사이에 두고 한 시간 가까이 걸리는 곳이다. 1993년 여름, 첫 번째 대학 입시 실패로 감방에 수감된 듯 집에 틀어박혀 재수생 생활을 하던 나를 걱정한 어머니가 딱 한 번 경기장에 데려갔던 일이 떠올랐다. 뉴 타운이라고 하면 말은 번지르르하지만 그 몇 년 전까지만 해도 논에 물레방아, 시냇물에 사와가니^{민물에 사}^{는 일본 고유종}게가 있는 한갓진 산골이었다. 산골 날씨는 변덕스러워 서포터는 지붕이 없다시피 한 관중석에서 비에 젖은 채로 응원하다 벌벌 떨며 집으로 돌아가는 셔틀버스를 기다린다고 했다. 그런 곳에 퇴근한 친구를 가볍게 부를 수는 없다. 그래도 처음으로 직접 보는 축구는 현장감이 대단할까 싶었더니, 육상용 트랙이 경기장과 관중석 사이를 가로막은 탓에 선수도 공도 너무 멀어서 누가 뭘 하는지조차 알 수 없었다. 축구란 텔레비전으로 봐야 하는 건지도 몰라, 어머니와 나는 이런 결론을 내리고 말았다. 그로부터 20여 년. 선수와 서포터의 인내와 열정을 생각하면 머리가 수그러진다. 시내 한가운데에 야구장이 있는 것이 당연하고, 승부의 형세가 심상치 않아지면 "져라, 져!" 악담을 퍼부으며 7회 말 종료와 함께 터덜터덜 걸어서 네온사인이 빛나는 거리로 흩어지는 올드팬들을 보고 자란 나는, 축구를 사랑하는 그들의 고투에 처음으로 이런저런 생각이 들었다.

예전에도 지금도 원폭돔^{제2차 세계대전 당시 미군의 원자폭탄 투하로 건}^{물 뼈대만 남은 구 히로시마현 산업장려관. 1996년 전쟁의 참상을 알리는 유물로 유네스코}^{세계문화유산에 등재되었다}이 눈앞에 있는 가미야초 부근을 모르는 시민은 없지만, 행정 당국이 새 경기장 부지로 권하는 항만 지역의 '미나토 공원'은 처음 들어보는 곳이었다. 세계유산으로 인정받은 '진혼의 장' 바로 옆에서 축구나 행사를 하는 것은 어울리지 않는다는 의견도 있다나. 전후戰後제2차 세계대전 후 50년, 그 장소에서 그렇게나 모두가 소란을 피워놓고?

마쓰다스타디움이라는 낙원이 생긴 것은 멋진 일이지만, 반대로 시가지는 조금 썰렁해졌다. 예전에는 시내에서 가장 활기찬 장소에 원폭돔이 있었다. 히로시마를 방문한 타지 사람들은 처음 봤을 때 충격으로 몸이 떨렸다고도 하는데, 피폭 전 '산업장려관'으로서의 말쑥한 모습도 모르는 우리가 천지를 분간하기 시작하던 무렵부터 이미 그것은 그 모습으로 그 자리에 있었다. 요란한 나팔 소리나 험한 야유가 슬픔과 고통, 두려움과 기도에 뒤섞여 오코노미야키처럼 하나가 되는 모습을 언제나 당연하다는 듯 보아왔다. 그 장소야말로 우리의 홈이다. 미국이 떨어트린 원자폭탄의 유산 바로 옆에서 "란스!" "앨런둘 다 1980년대 후반부터 1990년대 초반까지 카프에서 활약한 미국인 선수!" 하며 빨간 헬멧을 쓴 미국인 선수에게 거북함도 없이 시민들은 함성을 질렀다. 그렇게 조금씩 분위기가 풀리는 듯한 부드러운 평화가 있었다.

귀성해서 차창 너머로 보는 요즘의 원폭돔은 정말로 엄숙하고 쓸쓸해 보인다. 너무도 굉장해서 모두가 공경하되 멀리하는 까다로운 노학자 같다. 그러나 곧 있으면 오바마 대통령도 온다. 7년 전 노벨평화상 수상의 뒤처리로도 보이는 이 방문은 또다시 힘의 논리에 사로잡히려 하는 미국을 궤도 수정의 길로 이끌까. 어쨌거나 그 돔은 '종기'가 아니고 지금까지 계속 시내의 중심에, 사람들의 중심에 있었다는 점이 전해지면 좋겠지만. 빨간색이 아니라 보라색_{산프레체 히로시마 FC의 팀 색깔}으로 물든 아이와 어른들이 그 일대를 졸졸 걸어가는 풍경은 나도 아직 상상이 안 되지만, 뭐가 어떻든 그 장소를 몇 세대에 걸친 사람들이 건강하게 오간다는 행복 이상의 상징이나 유산은 없는 것 아닐까. 산프레체의 구상으로는 관중석 한쪽에서 돔이 내다보이는 설계라고 한다. 정치인들에게는 내버려둘 수 없는 이권도 있겠지만 개인적으로는 돔이 보이는 각도에 앉아서 다시 한번 산프레체의 경기를 관전하고 싶다. 그리하여 가까이서 보는 축구는 어마어마하구나라는 생각을 할 수 있다면 최고일 것이다.

세상에 둘도 없는
고독

본인은 "흥미가 없었다"라고 단호하게 말했지만 나는 흥미가 있었다.

발포주보리 원료의 사용량을 줄여서 만든 값싼 혼합 맥주를 홀짝이며 새벽 3시 반까지 집에서 일을 질질 끌고 있다가 방송 편성표를 보고 4시 40분에 경기 시작이라는 것을 깨달아 허겁지겁 소파에 드러누웠다. 한 시간 뒤 끙끙대며 자명종을 끄고 기어가듯 텔레비전 앞으로 가 중계방송을 켰을 때는 이미 '그 사람'이 타석에 우뚝 서 있었다. 왠지 엄청 죄송합니다, 당신을 보고 있는 건 이런 족속이에요.

운동선수의 활약은 보는 이에게 용기를 건네준다. 나라도. 이런 나라도. 포기해서는 안 돼. 힘낼 수 있어. 앞을 향해 가자. 기회는 다시 올 거야. ……나도 줄곧 그렇게 느껴왔다. 하지만 작년쯤부터 그 사람의 활약을 볼 때마다 고분고분 힘을 내기보다 스스로를 돌아보며 맥이 빠졌던 것 같기도 하다. 나도 이제 곧 그 사람과 같은 마흔두 살이다. 신이시여, 이것이 정말로 같은 인간입니까. 부탁이니 "사실은 다른 종이야"라고 말해주세요.

나이를 먹을 때마다 '뜻대로 되지 않는 일이 있구나' 깨닫는다. 조금 이따 올라타면 돼, 하고 가볍게 생각하는 사이에 떠나버린 배도 있다. 그 사람의 육체는 15년 전 메이저리그 데뷔전에서부터 밀리미터 단위의 변화조차 느껴지지 않지만, 헬멧 아래의 머리카락 사이에 뜻대로 할 수 없는 하얀 것이 해마다 늘어나고 있다. 역시 이 세상에 괴물 같은 건 없다. 하지만 그 사람은 진심으로 있지도 않은 괴물이 되려 해왔다.

피트 로즈스즈키 이치로가 기록을 깨기 전까지 메이저리그 통산 최다 안타 기록을 보유했던 미국의 야구 선수의 기록과 같아진다! 하며 야단이었던 미일 합산 4256번째 안타는 1루 주루선으로 툭 떨어진 내야 안타였다. 위업 달성을 장식하기에는 다소 김빠져 보이기도 했다. 적지의 팬들이 보내는 따뜻한 박수에도 헬멧을 벗지 않는 그 딱딱한 표정을 보며 나는 문득 2013년에 4000안타를 달성했을 때의 인터뷰를 떠올렸다.

"안타를 4000번 쳤다는 것은, 제 숫자로 말하자면 8000번 넘게 분한 경험을 했다는 뜻입니다."

왠지 굉장히 의외였다. 생각해보면 당연한 숫자지만 그 사람에게만은 그 8000번에도 '분함'이라는 촌스러운 정서가 뒤따르지 않을 것 같았기 때문이다. 슬럼프도 선발 제외도 담담하게 견뎌낸 만큼 그런 것들에 휘둘리지 않는 초인적인 정신력을 지녔기에 여기까지 도달한 거라고 감쪽같이 믿고 말았다. 그리고 숫자는 둔통과도 비슷한 무게를 더한다. 8000번의 분함. 생각해보면 그것이야말로 현기증이 날 듯한 숫자다. 2006년 월드 베이스볼 클래식에서 한국에 패배를 맛본 뒤 마이크 앞에서 "굴욕"이라는 격렬한 말을 내뱉었던 일도 다시 생각났다. 그때는 벤치에서 분노를 드러내는 모습이 아주 신선하게 보였지만, 동포들에 둘러싸인 팀에서 싸울 기회로부터 오랫동안 멀어져 있었던 그 사람은 어쩌면 당시 누구에게도 기대지 않고 격정을 삼켜내던 일상에서 조금은 해방되었던 게 아닐까.

모든 기록을 '통과점'이라고만 말하는 사람이니 피트 로즈의 숫자와 대등해지는 일타를 어떤 안타로 장식할지에 대해 나름의 고집이 있었는지 모르겠지만, '시원하게 치지 못했다'는 분한 마음은 역시 들었을 거라고 생각했다. 정신이 완전히 말똥말똥해져서 그 뒤의 타석도 뜬눈으로 지켜봤으나, 그 사람은 샌디에이고 파드리스 투수의 변화구에 애를 먹어 한 번도 공을 방망이 한가운데에 맞히지 못한 채 네 번째 타석에서 물러났다. 머리를 조금 숙인 채 더그아웃으로 돌아가 조용히 방망이를 세우는 평소와 다름없는 표정 속에 대체 어떤 감정이 들끓고 있을까.

"(분한 마음을) 늘 제 나름대로 마주해왔다는 사실이 있으므로, 자랑할 만한 게 있다면 그 점이 아닐까 싶습니다."

앞서 이야기한 3년 전의 말은 이렇게 이어졌다. 본인이 주장한 것도 아닌 미일 합산 안타 수로 인해 여론이 갈렸을 때일 본 리그의 안타 기록은 빼야 한다는 주장과 모두 합쳐야 한다는 주장이 있었다의 골치 아픔을 "대단하잖아, 경사잖아" 떠들어대기만 하는 우리 외야석 사람들은 죽을 때까지 이해하지 못할 것이다. 조용히 해, 하며 뿌리치기에는 이미 그 사람도 젊지 않다. 당신들의 즐거움을 부정할 권리는 내게도 없어, 라는 듯한 40대의 체념이 시합 뒤의 기자회견에서도 배어났다. 하지만 그 사람은 그런 것보다 지금 눈앞의 벽과 마주하고 있다. 3년 전보다 256개 늘어난 안타로 인해 다시 그 두 배로 늘어난 분함에 날마다 한계까지 들볶이며 또 다음 타석을 응시하고 있다. 어쨌거나 다음 공 하나에 어떻게 맞설 것인가. 첫 타석 때부터의 답답함을 어떻게 만회할 것인가. '다음'은 9회 2사로 제대로 돌아왔다. 신이 한 일은 아니겠지. 그 우연까지 포함한 멋진 기술이다. 3년 전 자부심에 찬 말을 뒷받침하듯 깔끔한 타구가 오른쪽 파울 라인 가까이로 날아갔다.

이 얼마나 아름다운지. 눈물이 날 정도로 고독하다. 우리 역시, 이래 봬도 의외로 숫자 때문에 들뜬 게 아닐지도 모르죠. 당신의 '기록'이 아니라 세상에 둘도 없는 그 고독의 광채로, 우리는 저마다 나아갈 길을 비추며 따라온 것이 아닐까요. 이치로 선수, 4257안타 정말 고맙습니다.

각자의 노래를

손꼽아 기다렸던 초등학교 5학년 임간학교^{산이나 고원의 숙박 시설에서}^{묵으며 하이킹이나 등산 등을 하는 학교 행사} 직전의 일. 체육관에 모인 우리가 한 반에 여섯 명씩 단상에 올라가서 가로 한 줄로 정렬하자 맨 뒤의 벽 앞에 선 A 선생님은 노래 제목을 외쳤다.

"타올라라, 타올라!"

우리는 잠시 입을 다물고 있다가 눈짓을 주고받고 '시—작' 하며 큰 소리로 노래하기 시작했다.

"타올라라 타올라라. 불꽃이여 타올라. 불티를 감싸 올려 하늘까지 닿아라."

"아니얏! 그만뒷! 다음 반!"

A 선생님은 느닷없이 절규하고 우리는 맥없이 무대에서 내려와 체육관 주위를 세 바퀴 뛴다. 땀투성이가 되어 돌아와 다

야구에도 *3번의 기회*가 있다는데

른 반이 단상에서 〈젊은이들〉을 떠듬떠듬 부르는 가운데 직접 인쇄해서 만든 '즐거운 노래 수첩'을 다시 보니 정답은 "불티를 감아올려 하늘까지 태워라"였네요.

이런 식으로 우리는 임간학교의 대미를 장식할 캠프파이어송 전곡을 완벽하게 머릿속에 집어넣는 데 성공했다. 하지만 그즈음에는 이미 누구도 캠프파이어를 손톱만큼도 기대하지 않게 되었다.

A 선생님이 그렇게나 기를 써가며 가르치려 했던 것은 무엇인가. 큰 소리로 캠프파이어송을 부를 수 있다 한들 동료들의 결속이 강해지거나 타인을 배려하게 되었다는 실감이 드는 건 아니었다. 지저분하고 아둔한 Y코는 그 뒤로도 모두가 멀리했고, 공부는 잘했지만 운동신경은 꽝이었던 R을 놀리는 일도 그만두지 않았다. 소득이라면 "그대가 가는 길은 한없이 멀다. 그런데도 왜 이를 악물고 그대는 가는 것인가. 그렇게까지 하면서 〈젊은이들〉이라는 노래의 가사"를 지금도 외워서 쓸 수 있다는 것뿐. 어른이 되어 든 생각은 A 선생님에게는 명철한 목적이 있었던 게 아니라, 시키는 대로 하는 아이들이 상대인 교육 현장이라는 조그만 장소에서 그저 시야가 좁아졌던 게 아닌가 하는 것이다. 억지로 부르는 노래 따위는 노래가 아니다. 불러봤자 누가 감동하겠는가.

리우헹을 기다리는 선수들 앞에서 노쿄올림픽 조직위원회 회장이 역설한 "눈물을 흘리며 국가國歌를 제창하는 선수들을 봐야 사람들이 감동한다"라는 사고방식은, 설령 그런 면이 존재한다 해도 그게 다가 아니다. 스포츠의 감동은 국가 의식과는 무관한 곳에도 마찬가지로 무한히 존재한다는 점을 잊지 않는 것이야말로 다양한 인종과 가치관이 뒤섞이는 세계 대회의 관전 매너이자 대회를 즐기는 방식이라고 나는 생각한다.

아테네와 베이징올림픽의 트랙을 낯선 차림의 여성이 질주하던 것을 기억한다. 공기저항을 줄이기 위해 유니폼의 옷감은 피부에 흡착된 듯 딱 달라붙게 하고 다리와 배는 당연하단 듯이 드러낸 여자 단거리 주자들 사이에서 그는 홀로 긴소매에 긴 바지로 몸을 완전히 감싸 피부를 감추고 머리에는 나이키 로고가 들어간 새하얀 두건을 덮어쓰고 있었다. 바레인의 여자 대표 루카야 알 가사라 선수.

반들반들 아름다운 표범 같은 팔다리를 드러낸 다른 선수들 속에서 그 모습은 말하자면 체육 수업 때 홀로 교정 구석에 우두커니 서 있는 두꺼운 옷차림의 감기 걸린 아이. 도저히 달릴 수 있는 분위기가 아닌데…… 하지만 스타트 신호와 함께 두 팔과 두 다리를 역동적으로 휘저으며, 머리에 쓴 히잡이 낙하산처럼 부풀어 오르고 헐렁한 유니폼이 펄럭펄럭 바람에 날리는 것도 아랑곳하지 않으며 표범과 임팔라를 제쳐나가는 모습은 압권이었다. 이것이야말로 "그대는 가는 것인가. 그렇게까지 하면서"다.

무시무시한 의지와 달리는 기쁨. 그 사람이야말로 맨몸이면서 또 누구보다 자유로워 보였다. 나는 바레인 이슬람교도의 실정에 밝지 않지만, 전통이나 전례나 주위의 의견을 물리치면서까지 그곳에 그렇게 서야 했을 만큼 그는 분명 빨랐을 것이다. 어린 시절부터 누구도 멈출 수 없을 정도로, 차원이 다르게. 말도 안 되는 능력을 지닌 사람이 둥근 지구의 어느 점 위에서 태어날지는 아무도 모른다. 다른 성별이나 문화 속에서 태어났다면 부딪치지 않았을 장벽에 가로막히면서까지 결국 트랙에 이르러 있는 그 '부득이함'에 나는 압도된다.

만약 히잡을 벗었다면, 피부에 달라붙는 작은 유니폼을 입고 달렸다면 얼마나 기록이 빨라질까. 아깝다며 그 나라의 사정이나 종교의 교의를 잘 모르는 사람들은 다들 멋대로 기대할 것이 분명하다. 하지만 그렇게 하지 않는 것이 그가 믿는 그만의 인생이다. 그런 광경을 볼 수 있는 기회가 스포츠 말고 또 있을까. 이다지도 다른 사상과 환경 속에서 살아가는 사람들이 한자리에 모이고, 개개인이 같은 룰로 같은 골을 노리는 것. 각자 다른 노래를 부르고 있어도 같은 땅 위에 서서 살아갈 수 있을까? ……어쩌면 그럴 수 있을지도. 그런 인류의 달콤한 꿈을, 싸우는 사람과 보는 사람이 함께 질리지 않고 꾸어보는 장소다.

무수한 불안과 중압감을 껴안은 채 브라질로 떠나는 선수 여러분, 모쪼록 누구와도 다른 자신의 인생을 마음껏 펼치고, 리우의 뜨거운 태양 아래에서 당신만이 부를 수 있는 노래를 부르고 와주세요.

소란한 여름밤

도쿄는 최고 기온 37도. 불볕더위에 역까지 걸어가 전철을 갈아 타고 작업실까지 45분. 심장은 쿵쿵, 숨은 헐떡헐떡, 온몸은 땀 투성이, 겨우 도착해서 튀어나온 첫 마디는 "죽겠네!"

지구 정반대편에서는 올림픽이 화려하게 개막했다. 리우 데자네이루는 겨울이라지만 낮에 42.195킬로미터를 완주한 선 수들은 얼음주머니를 목에 댄 채 쓰러져 있고, 사투를 벌이는 테니스 선수는 포인트 때마다 수건으로 연신 땀을 닦는다. 4년 뒤, 정말로 도쿄에서 이걸 하는 거지……?

열두 시간의 시차는 크다. 중요한 순간은 모조리 놓쳐버렸 다. 아나운서의 괴성에 눈을 떴을 때는 체조의 우치무라 고헤 이 선수가 착지를 했고, 역도의 미야케 히로미 선수는 107킬로 그램을 들어 올렸으며, 세븐즈 재팬일본의 7인제 럭비 남자 대표팀 애칭은

트라이선수가 상대측의 인골 지역에서 최초로 볼을 땅에 댐으로써 점수를 얻는 것를 해냈다. 그럼에도 몸뚱이를 채찍질해가며 텔레비전 앞에 달라 붙는 이유는 4년에 한 번이라는 귀함 때문이겠지. 나도 3, 4년에 한 편밖에 영화를 못 찍지만 이 정도가 '적당'할지도 모른다며 스스로를 위로해본다.

묘한 기분으로 본 것은 쾌조를 보인 유도 경기였다. 어느 체급에서든 일본 선수가 상쾌하게 한판승을 따내, 급하게 채널을 맞춘 문외한조차 "이게 바로 유도지!" 하며 어깨에 힘을 준다. 그런 가운데 남자 73킬로그램급의 오노 쇼헤이 선수는 결승에서 훌륭한 한판승을 거두었음에도 불구하고 상대와의 인사를 끝낸 뒤 경기장에서 내려올 때까지 표정을 풀지 않았다. 패배한 선수까지 배려하는 '예禮'의 정신이다. 맑고 올바르고 아름답게. 그 정신까지 포함하여 '일본의 유도를 보여줄 테다'라는 기백이 넘쳐흐르고 있었다.

하지만 그런 오노 선수의 어필에도 아랑곳없이 세계의 JUDO종주국인 일본의 발음을 따른 유도의 영문 표기 선수들은 이긴 순간 감정을 터트린다. 주심의 제지도 뒷전이고 목줄을 물어뜯은 수캐마냥 장외로 달려나가 포효한다. 아니, 다른 종목에서는 모두가 하는 행동이다. 레슬링이라면 일본 선수도 거리낌 없이 경기장을 뛰어다닌다. 오히려 그렇게 기쁨을 폭발시키는 것이야말로 그때까지의 괴로움을 증명하는 행동이고, 그 모습을 보는 사람의 마음도 들썩인다. 스포츠를 보며 '좋겠다, 그렇게 살 수 있어서' 하고 생각하는 순간은 그들의 노골적인 감정 표현을 목격할 때이기도 하다. 단, 유도가 여타 종목과 유일하게 다른 점은 승리에 관한 미의식에서 일본과 외국 사이에 큰 차이가 있다는 것이다. 남자 100킬로그램 이상급 결승에서 2연패를 달성한 프랑스의 테디 리네르 선수는 하라사와 히사요시 선수와 경기 내내 얽히기를 피하다가 끝내 지도 하나 차이로 달아났고, 승부가 끝나자마자 두 손을 번쩍 들며 크게 기뻐했다. 소극적인 결말에 경기장에서도 야유가 일었는데, 규칙의 범위 안에서 이겼음에도 불구하고 그렇게까지 '비겁하다'고 평가받는 스포츠도 달리 없을 거라고 어렴풋이 생각했다.

대전형 스포츠에는 승리를 추구하는 교활함과 조야함이 늘 존재한다. 축구의 파울 어필이나 야구의 고의사구, 스퀴즈도 이기기 위한 정의다. 교활함도 하나의 테크닉이며, 일류 선수에게 '얽혀들지 않기' 위해 리네르 선수는 피나는 단련으로 '교활의 길'을 추구했을 것이 틀림없다. 더럽게 이길 바에야 깨끗하게 진다는 일본적인 미의식을 관철했다면 리네르는 이곳에 설 수 없었을지도 모른다. 그렇다 해도 본디 '비겁함'을 가장 멀리해야 할 유도가 모든 스포츠 가운데 가장 비겁하게 이길 수 있는 가능성을 품은 경기가 되어버렸다는 점은 역설적이다. 비겁한 방식으로 승리하고 달아나면 진 상대는 실망으로 멍해져서 악수조차 쌀쌀맞아진다. 이 길은 대체 어디를 향해 있는지. 경기장 위에는 승패나 기술의 우열뿐만 아니라 선수 개인의 미의식마저 혼돈과 뒤얽혀 '가치관의 전시장'이 되어가고 있다. '하나의 규칙, 하나의 개념만으로는 세계가 뜻대로 되지 않는다'는 시사점으로 가득한, 양면적이고도 흥미로운 장소로서 앞으로도 계속 변화하겠지.

'아름다움에 대한 고집' 하면 우치무라 선수인데, 체조는 종목별 경기가 끝날 때마다 각 나라 선수들이 하이파이브로 맞이하고 살짝 수줍어하며 서로의 건투를 칭찬하는 것이 보기좋다. 우치무라 선수가 개인 종합에서 역전한 뒤, "심사위원들이 당신에게 친밀감을 가지고 있는 게 아닌가?"라고 질문한 기자에게, 역전당한 우크라이나 선수가 대신 반론해준 일도 화제가 되었다.

네 살 때부터 우는 얼굴이 클로즈업되어온 후쿠하라 아이 1990년대부터 2010년대까지 활약한 탁구 선수. 어릴 때부터 '천재 탁구 소녀'로 불리며 미디어 노출이 잦았다 선수도 스물일곱 살이 되었다. 모든 실수를 자신의 책임으로 돌리면서 아래로 띠동갑인 이토 미마 선수를 격려하고 또 격려하며 겨우 거머쥔 단체전 동메달에 주르륵 흘러내린 눈물방울은 어린 시절의 그것과 같았지만, 시상대에서 옆에 선 중국인 금메달리스트와 밝게 담소를 나누는 모습에서는 어느덧 대가의 풍격이 느껴졌다. 오랜 세월 끊임없이 남의 눈에 노출되어온 사람만이 예민하게 감지하는 '마땅한 태도'에 대한 사명감까지 포함해, 후쿠하라 선수의 성숙도는 차원이 다르다.

경제 효과, 이권, 강대국끼리의 체면 싸움, 국내의 파벌 다툼, 테러, 도핑, 쥐어짜면 시커먼 물이 나올 듯한 이 유서 깊은 경기 대회에서 이제 볼 만한 부분은 승부 바깥쪽에 있는지도 모른다. 그런 장면을 놓치지 않기 위해 오늘 밤 역시 바쁘다. 소란하고 짧은 여름밤은 금세 끝나버릴 테니까.

어째서 히로시마 도요 카프는
이다지도 인생을 쏙 빼닮은 걸까

이건 동화인가? 어질어질한 기분으로 하얀 천장을 올려다봤다. 내게는 25년 전의 기억이 없다. 설마 그 뒤 사반세기 동안 우승이 끊어지는 기념비적인 해가 되리라고는 상상도 못 했던 것이다. 1974년생인 나는 이듬해인 1975년에 구단이 첫 우승을 거머쥐기까지 26년간의 인고를 피부로 알지 못한다. 내가 천지를 분간하기 시작한 무렵 히로시마는 당연하단 듯이 강했다. 황금기였던 80년대. 우승이란, 놓쳐도 2, 3년만 기다리면 다시 순서가 돌아오는 것이라 믿었다. 반 친구들은 야마모토, 기누가사, 기타벳푸, 다카하시 요시히코와 같은 스타 선수의 카드를 앞다투어 모았고 구단은 거리의 아이덴티티 그 자체였다. 옛 시민구장에는 선수를 욕하는 야유가 난무했지만 그것도 승리의 맛을 아는 관중이 퍼붓는 '우리는 이길 수 있잖아?'라는 여유의 반증 아니었던가. 작은 구장도 색이 바랜 유니폼도 선수의 연봉도 모든 게 초라했지만 펀치 파마를 한 아저씨들이 툭툭 공을 맞추고 덜렁덜렁 뛰어가는 촌스러운 전법으로 왠지 신기하게 괜찮은 야구를 하고 왠지 이겨버리는 것이 내게는 당연한 고향의 풍경이었다. '당연함'이 지속되는 경우는 없다는 사실을 알아차린 것은 경기장이 떠나갈 듯한 함성을 듣지 않게 되고부터 한참 뒤의 일. 1991년의 열광을 턱을 괴고 바라봤던 열일곱 살의 나는 마흔두 살이 되었다. 25년이란, 인생의 한 시절이 지나가기에는 너무도 충분한 세월이다.

그러나 그 무거운 역사가 '사랑받는 이야기'로서의 풍미를 더해주어 고향 바깥으로도 점점 이야기가 퍼져나가게 되었다. 이제는 어디든 모두 홈구장처럼 느껴질 정도로 붉은색이 가득하다. 이 지방 구단의 우승을 향한 여정을 온 나라가 따뜻하게 지켜본 것도 사람을 매료시키는 강력한 스토리가 있었기 때문이다. 풀도 나무도 안 난다고들 했던 피폭지에서 탄생한 가난한 시민구단. 모회사가 없는 독립채산제^{특정 사업에 필요한 비용을 외부에 의존하지 않고 자체 수입으로 해결하는 방식}를 채택하여 시민들의 '모금통'으로 자금난을 헤쳐나간 역사. FA^{프리 에이전트. 일정 기간 자신이 속한 팀에서 활동한 뒤에 다른 팀과 자유롭게 계약을 맺어 이적할 수 있는 자유 계약 선수 또는 그 제도} 도입과 드래프트 제도^{구단별 전력 불균형을 해소하기 위한 제도로 보통 하위 팀부터 순서대로 신인 선수를 지명하는 방식이다}의 개혁으로 길러낸 선수는 돈을 벌 수 있는 상위권 팀으로 가버리고 유망한 선수에게는 외면당해온 역사. 그럼에도 굴하지 않고 스카우터가 일본과 미국 전역을 뒤져서 발굴해낸 무명의 원석을 맹훈련으로 육성해온 역사. 픽션으로 썼다면 '지나치게 극적이다'라고 할 수도 있는 강렬한 에피소드뿐이지만 결국 승부만큼은 누구도 조작할 수 없다. 해피엔드라는 보장은 없다. 절망이 기다리고 있을지도 모른다는 스릴에 관중은 날마다 동요한다. 이쯤 되면 이제 픽션은 상대가 안 된다.

그러나 '드디어 이야기가 결실을 맺는 순간'은 지난 시즌이어야 했다. 메이저리그의 고액 오퍼를 걷어차고 귀국한 구로다 투수의 현역 마지막 시즌일 거라고들 했다. 오랫동안 미국행을 보류해온 에이스팀에서 가장 실력이 뛰어난 선발투수 마에다 겐타의 잔류 마지막 해가 되리라는 것도 알고 있었다. 눈물과 함께 한번 떠났던 과거의 4번 타자 아라이 선수도 눈물과 함께 돌아왔다. 15년간 머물렀던 B클래스를 탈출하여 2년 연속 클라이맥스시리즈 진출 후 찾아온 세 번째 기회. 이야기의 말은 완벽하게 갖춰졌다. 이런 기적이 갖춰진 해는 없다. 금환일식? 핼리혜성? 어쨌거나 올해를 놓치면 우승은 없다며 열에 들떠 시작된 2015년. 그러나 너무 큰 기대는 장대한 헛발질로 끝났다.

또 23년을 기다려야 하나, 하며 하늘을 올려다본 것은 10월 7일, 최종전 날. 5위였던 주니치를 상대로 마에다 투수를 내세웠으나 타선은 침묵했고 8회에 3실점. 우승은커녕 3위도 놓치고 소리 없이 막은 내려갔다. 위를 올려다보니 혜성의 꼬리는 자취를 감추었고 하늘은 또다시 새까맣게 칠해졌다. 어째서 히로시마 도요 카프는 이다지도 인생을 쏙 빼닮은 걸까. 실수를 반복한다. 기회는 살리지 못한다. 한심하게 제자리걸음만 계속해도 울면서 매달릴 곳조차 없다. 그런 나 자신을 겹쳐 보며 눈물이 날 것 같다. 하지만 전국의 빨간 유니폼을 입은 사람들 역시 힘내라, 힘내, 카프! 외치며 스스로를 북돋우고 있는 게 아닐까. 대체로 인간은 사실 '특별'하지 않으며, 어떤 입장이든 자신의 나약함에 이를 갈고 있기 때문이다. 그리고 인생은 역시 이야기처럼은 흘러가지 않는다. 굿바이 마에켄. 고마워요 구로다 씨. 우리는 다음 꿈을 꿀 때까지 잘 살 수 있을까, 쉰 목으로 침을 꿀꺽 삼켰다.

그러나 그들은 이야기를 이어나가려 했다. 현역으로 계속 남겠다는 뜻을 밝힌 구로다 투수의 2016 시즌 200승 달성 목표와 함께 아라이 선수의 2000안타라는 목표도 어우러졌다. 작년과는 확연히 다른 짜임새 있는 타선, 끈질긴 선구안, 돌아온 운, 스타 선수 한 사람에게 의지하지 않고 서로 분담하며 시합을 헤쳐나가는 강인함이 보였다. 하지만 우리는 너무도 긴 이야기 속에서 체념하는 버릇 역시 들고 말았다. 열세에 몰리면 텔레비전을 끈다. 라디오도 끈다. 시합 중계 앱도 끈다. "내가 보면 져" 하며 비과학적으로 자신을 책망해오기도 했다. 연승해도 선두로 올라서도 '신들린' 듯해도 들뜨지 마, 안 믿어 하며 자신에게 충고했다. 11.5게임 차가 뒤집혀서 "메이크 드라마"라

야구에도 3번의
기회가 있다는데

니시카와 미와

이지수 옮김

독자님, 안녕하세요. 마음산책입니다.

3, 4년에 한 번씩, 올림픽이나 월드컵과 엇비슷한 주기로 영화를 만든다며 자조하는 감독이 있습니다. 『고독한 직업』과 『료칸에서 바닷소리 들으며 시나리오를 씁니다』로 자신이 촉망받는 영화감독일 뿐 아니라 뛰어난 문장가임을 증명해낸 니시카와 미와입니다. 마음산책에서 세 번째로 선보이는 그의 산문집은 자기 업에 대해 써 내려간 두 권의 책과 결을 달리합니다. 야구광으로 알려진 니시카와는 이 책에서 야구를 비롯해 온갖 종목의 스포츠를 보고 생각한 것들을 이야기합니다. 그는 "사춘기 시절 아버지를 부끄러워하듯" 연고지 야구팀을 창피해하던 유년기를 지나, 모처럼 가게 된 가족 여행도 무르고 싶어 할 만큼 열성적인 야구 팬으로 거듭나는데요. 영화, 책, 음악, 사진 등 좋아하는 모든 것에서 '일'에 갖다 쓸 힌트를 찾는 니시카와지만 단 하나, 스포츠에서만큼은 순수한 즐거움과 희열을 느낀다고 고백합니다. 때로 시크하고 종종 터프한 관람자인 그를 보면 적어도 스포츠를 대하는 마음에서 우리는 같은 종류의 인간이구나, 묘하게 흐뭇한 동질감이 느껴집니다. 다가올 여름, 색다른 쾌감으로 가득한 산문을 읽으며 독서의 땀방울을 흘려보시길 권합니다.

마음산책 드림

는 말을 세상에 퍼지게 만든 깊은 마음의 상처가 있다요미우리 자이언츠의 나가시마 시게오 감독이 '페넌트레이스에서 대大 역전극을 선보이겠다'며 한 말로 1996년 올해의 유행어로 뽑히기도 했다. 요미우리는 1996년 시즌 중반까지 리그 1위였던 카프와의 경기에서 9타자 연속 안타로 단번에 7점을 빼앗아 승리했고 이 시합 이후 승기를 잡아 결국 우승을 거머쥐었다. 이제 상처받기 싫다. 하지만 그럼에도 '어쩌면' 하고 기도하는 나 자신을 억누를 수 없다. 실컷 얻어맞고 리드를 빼앗겨도 쉽사리 투수를 교체하지 않는 감독 때문에 몇 번이나 속을 태웠지만 그것은 곧 한두 번의 열세가 승패를 좌우하지는 않는다, 기회는 9회까지 있다, 라는 일찍이 느껴본 적 없는 자신감으로도 이어졌다. 이런 해가 있었던가. 믿을 수 없다. 여전히 믿을 수 없다. 요컨대 그들은 눈을 감고 기도하려는 우리보다 훨씬 용감했던 것이다.

매직 넘버스포츠에서 1위를 달리고 있는 팀이 자력으로 우승하기 위해 이겨야 하는 경기 수로 선두 팀 외의 다른 모든 팀에게 자력 우승의 가능성이 없어졌을 때 '매직 넘버를 점등했다'라고 표현한다를 점등한 뒤로도 순조롭게 이겨나가서 매직 넘버 2로 맞이한 9월 8일. 마쓰다스타디움에서 주니치를 상대로 완승을 거두었으나 고시엔구장에서 2위 요미우리가 한신 타이거즈를 쓰러트려 매직 넘버를 하나 남겨둔 채 도쿄로 이동하게 되었다. 히로시마 시민들의 어깨가 축 처졌지만 이야기는 이곳에도 여전히 숨어 있었다. 1975년에 비원의 첫 우승을 결정지은 곳 역시 숙적 요미우리를 상대로 한 고라쿠엔구장이었다. 그리고 다다음 날 선발은 구로다 히로키 투수. 이야기의 말은 또다시 모조리 갖추어졌다.

9월 10일 도쿄돔. 홈 플레이트 뒤에서부터 빙 둘러 외야까지 붉은색으로 가득했고 땅울림 같은 함성이 울려 퍼졌다. 평소와 다른 공기의 흐름 속에서 구로다 투수가 6회를 던져내고 스즈키 선수가 2타석 연속 홈런을 때리며 이번 시즌을 상징하듯 역전극으로 마무리되어 41년 전과 똑같이 적지의 마운드 위에 마침내 새빨간 덩어리를 만들어냈다. 감독 헹가래는 어지간히 시작되지 않았다. 이렇게 시간을 들이는 거였던가 생각했지만 순서를 그리 착착 진행시킬 수는 없는 법이다. 그보다 먼저 얼싸안아야 한다. 울어야 한다. 그렇게 얼싸안고 말을 주고받아왔기에 에피소드의 씨실과 날실이 조금씩 엮여나갔던 것이다. '이야기'는 원래 존재하는 것도 갑자기 생기는 것도 아니다. 반드시 사람이 엮어나가는 것이다. 신은 하늘에서 내려와주지 않는다. 사람이 손을 잡아끌어 데려오는 것이다.

매년 어느 팀이 우승하고 어딘가의 마운드에서 누군가가 공중으로 튀어 오른다. 어떤 우승에도 반드시 전해져야 할 이야기는 있을 터다. 하지만 25년 만에 우리가 가슴에 새긴 것은 9회 말 스리아웃의 순간이 아니라 언제나 감독 양옆에 서서 목소리를 내고 몸을 내던지며 신진과 베테랑, 투수와 야수의 벽을 끊임없이 허물어온 마흔한 살과 서른아홉 살 아저씨구로다 히로키 선수와 아라이 다카히로 선수가 얼싸안고 아이처럼 우는 장면이었다. 신은 그들이 직접 데려온 것이다. 고마워요, 우리들의 카프.

야구에도 3번의 기회가 있다는데

"잘, 해냈어요"

카프에 완전히 정신이 팔려서 보려고 벼르던 패럴림픽도 대부분 놓쳐버렸다. '보려고' 하지 않아도 정보가 들어오는 게 올림픽이지만 이쪽은 그렇지 않다. 몇 안 되는 기회 속에서 내가 이번에 처음으로 안 것은 시각장애인 선수가 출전하는 '블라인드 유도'의 규칙인데, '시작' 신호 때부터 두 선수가 소매와 옷깃을 단단히 쥐고 얽혀 있는 자세를 취한다는 것. 세계 톱클래스의 기술을 지닌 실력자가 붙들리지 않는 기술을 갈고닦은 상대에게 희롱당하며 아무것도 하지 못한 채 조용히 패배하는 올림픽 유도에 분통을 터트렸던 일을 생각하면 엄청난 에너지 절감이다. 그리고 곧장 농밀한 기술 대결을 볼 수 있다는 재미. 제대로 싸우고 난 다음이라 그런지 시합 후의 악수나 포옹도 서로가 만족한 모습으로 보였다. 비장애인 경기의 규칙도 이걸로 하면 안 될까? 안이한 생각이지만 실제로는 어떨지.

귓가로 날아드는 여러 선수의 코멘트 가운데 유난히 톤이 다른 사람이 있었다. 결승 경기 직후 남자 수영 선수에게 마이크를 갖다 댄 아나운서가 천천히 설명해주듯 물었다.

"쓰가와 선수입니다. 동메달입니다!"

이에 그는 희미한 미소와 함께 억양 없는 단조로운 말투로 이렇게 대답했다.

"네, 3위가 되었네요. 1분, 3초, 42, 였어요."

"잘 싸웠네요."

"잘, 싸웠어요. 네. 전반부터, 잘 싸웠어요."

남자 배영 100미터에서 동메달을 딴 쓰가와 다쿠야 선수는 한 살 때 자폐증 진단을 받았으나 세 살 때 수영을 시작하여 런던에 이어 두 번째로 올림픽에 출전했다. 패럴림픽의 지적장애인 부문 역사는 그리 오래되지 않았다. 1996년 애틀랜타올림픽에서 처음으로 참가가 인정되었고 1998년 나가노올림픽에서는 크로스컨트리, 2000년 시드니에서도 여러 경기가 정식 종목으로 채택되었지만 금메달을 딴 스페인 선수 열두 명 가운데 열 명이 실은 비장애인이었다는 부정 참가 사건을 계기로 다시 지적장애인 선수들의 전 종목 참가가 취소되어 2012년 런던까지 문이 닫혀 있었다고 한다.

리우올림픽에서도 탁구, 수영, 육상까지 지적장애인 종목이 채택되었지만 내가 본 것은 쓰가와 선수의 시합뿐이었다. 경기만으로는 무슨 장애인지 몰랐는데 인터뷰의 리듬이나 말을 통해 지적장애가 있다는 것을 알아차렸다. 그와 동시에 인터뷰어가 한 질문의 반복에 지나지 않는 "잘, 싸웠어요"라는 그저 그 한마디에 허를 찔리며 납득했다. 그렇지. 방금 그야말로 온 힘을 쥐어짜내서 결과를 거머쥔 사람에게 대체 그 이상 무엇이 있겠는가.

시대의 흐름과 함께 운동선수에게는 인격에 스타성까지 강도 높게 요구되어, 선수들은 종목의 위신과 발전을 짊어지고 빈틈없이 달변으로 말하게 되었다. 기사나 카메라의 영향력과 무서움을 이제는 나이 어린 주니어 선수까지 훤히 꿰뚫고 있다. 경기 직후 아직 뇌에 산소도 돌지 않을 때 들이대는 마이크 앞에서 패배나 승리의 원인에 대해 적확한 발언을 요구받는 모습을 볼 적마다 빠른 것만으로는 안 되나, 강한 것만으로는 안 되나 슬픈 기분도 든다. 발언이 매끄럽고 단어 선택이 능란하면 듣기에는 좋지만 사물이 지닌 본질의 윤곽이 흐려지기도 한다. 실제로는 어떻게 생각하는지, 감사나 사죄 이전에 어떤 자부심이나 상처를 품고 있는지. 밖으로 향하는 말에 누구보다도 내내 섬세했던 이치로 선수가 마음속에서 키워온 부정적인 울분이나 불안을 토로하기 시작한 것도 극히 최근의 일인데, 적어도 나는 이전의 미술품 같은 말들의 이면에서 그런 인간적인 연약함을 간파해낸 적이 없었다. 그래서 요즘 들어서야 겨우 이치로씨도 인간이라는 것을 깨닫고 있다.

자폐증 환자는 타인과의 커뮤니케이션이 서툴러서 희로애락이 부족하다고도 한다. 쓰가와 선수는 원래 타인과 경쟁할 의지가 없어서 어머니가 "옆 사람을 이기면 금메달이야" 하며 이기는 기쁨을 가르쳐줬고, 스물네 살인 지금은 기록이 잘 나오지 않으면 기뻐하는 일이 없다고 한다.

마찬가지로 지적장애인 수영 평영 부문에 출전한 다나카 야스히로 선수는 지난번 런던올림픽에서 세계 신기록을 세운 금메달리스트다. 그러나 귀국한 뒤의 취재나 축하 방문으로 갑자기 처음 보는 사람들에게 둘러싸여 극심한 스트레스를 받았고, 한때는 수영을 그만두고 싶다며 어머니에게 덤벼들었던 적도 있었다고 한다. 이번에 4위로 마친 직후의 인터뷰에서는 "분했어. 일본에 돌아갈 수 없게 됐어. 엉망진창이 될 거야. 엉망진창이 되면 어떻게 돼?" 하고 있는 그대로 감정을 드러내며 취재진에게 물었다는 것을 기사에서 읽었다. 가슴이 덜컥했다. 이 말에도 예정조화世界의 조화는 神의 섭리로 미리 정해져 있다는 라이프니츠의 설를 찢어발기는 박력이 있었다. 나도 지금 신작 영화 개봉을 코앞에 두고 있어서 수많은 사람을 만나고 수많은 환영을 받지만 자리의 화려함과는 반대로 울적해질 때도 있다. 분명 고생해서 만든 영화를 모처럼 사람들이 화제로 삼아주고 있음에도 어째서 이런 기분이 드는지 스스로도 이상하게 여겨졌는데, 다나카 선수의 기사를 읽자 그런 내 기분이 사람이라면 느껴도 되는 것이었구나 하고 구원받은 기분까지 들었다.

스포츠의 테두리가 넓어지는 것의 재미는 이런 데 있지 않을까. 조금 더 이런 말을 듣고 싶다.

뜨뜻미지근한
진창에서

신작 영화를 들고 여러 지역을 돌았다. 어느 나라 사람이든 일본인보다 큰 소리로 웃는다는 것 말고는 반응에 별다른 차이가 없다는 느낌도 든다. 해외에서는 엔딩 크레디트가 한창 올라갈 때 관객이 줄줄이 극장을 나가는 것이 일반적이지만, 이번 작품은 한밤중에 끝났는데도 관객들이 자리에 남아 내가 등장하길 기다려준 적이 많았다. 이웃인 아시아 사람들은 불법 다운로드를 포함하여(?) 과거 작품도 잘 알고 있어서 의외의 환대를 받았고, 처음으로 방문한 지역에서도 아역들의 표정을 칭찬받거나 "아름다웠어요" "고마워요"라는 말을 들었다. 이렇게 보고하면 이번 작품이 만족스러운 결과를 얻은 것 같겠지. 그러나 일본 국내 흥행은 계획대로 굴러가지 않았다.

여름 이후의 작품은 〈너의 이름은.〉과 〈신 고질라〉라는 기록적인 큰 파도에 모조리 휩쓸려갔다. 단관 극장이 차례로 문을 닫고 어떤 성격의 영화든 멀티플렉스에서의 흥행에 기댈 수밖에 없어진 지금, 엔터테인먼트 대작이든 독립 영화든 라이브 뷰잉스포츠나 콘서트, 연극 등을 영화관에서 생중계하는 것이든 모두가 인정사정없는 스크린 쟁탈전에 휩쓸리고 있다. 개봉하고 일주일 이내에 괜찮은 스코어를 올리지 못하면 '관객이 잘 안 드는 작품'으로 찍혀서 눈 깜짝할 사이에 이른 아침과 야간 상영으로만 내몰리는 탓에 우리는 "극장에는 꼭 개봉 직후 주말에 가주세요!"라는 기묘한 홍보 문구를 진심으로 떠들어대고 있다. 이제는 '어떤 영화를 만들어야 하는가'보다 '어떤 영화가 시장의 성격에 맞는가'에 대해 생각하지 않을 수 없게 되었다. 영화는 비즈니스나 승부의 세계와는 선을 긋고, 승패로는 결론 나지 않는 일을 묘사할 책무도 있다는 풋내 나는 자부심은 이미 시대에 뒤쳐진 몽상이 되었다. 어느 틈에 삼켰는지 가슴 밑바닥에는 '패배'라는 단어가 무겁게 가라앉아 있었다.

올해의 마지막 해외 방문이 된 호주에는 일본인이 많이 살고 일본을 좋아하는 사람도 상당수다. 영화를 취재해준 현지의 잡지 기자분이 "마지막으로 하나, 일본의 좋은 점을 알려주세요"라며 반짝반짝 빛나는 웃는 얼굴로 내게 물었다. 나는 순간적으로 말문이 막혔다. 일식, 신사와 불당, 온천 여행, 안전, 손님에 대한 환대…… 왠지 신물이 나도록 들었을 장점밖에 떠오르지 않았다. 한심하다. 일부러 먼 거리를 자기 영화를 들고 날아와놓고 좋은 점이 없는 나라에서 왔어요, 하고 말할 셈인가.

"……반대로 여쭙겠습니다만, 예를 들면 일본의 어떤 점이 좋다고 생각하시나요?"

"글쎄요. 사계절이 뚜렷한 점일까요. 호주의 사계절은 애매하니까요."

"아. 과연 그렇군요."

돌아오는 비행기에서 우연히 최근 일본에 가장 큰 영향을 준 호주인이기도 한 럭비 일본 대표팀의 전 수석 코치 에디 존스 씨의 말을 접했다.

"내가 일본인 선수에게서 처음 발견한 면은 그들이 자신의 강점이 아니라 약점만 의식하고 있다는 것입니다. 나는 그 생각을 뒤바꾸려 애썼고, 결점보다 자신의 장점을 의식하게끔 만들려고 했습니다."

럭비 월드컵에서 24년 동안 우승하지 못했다는 패배의 역사에 푹 잠겨 지는 버릇에 찌들어 있었던 일본팀의 의식 개혁을 꾀하는 동시에, '요구하면 따르는' 선수들의 특성에 착안하여 세계에서 가장 혹독하다고 자인하는 트레이닝으로 역사를 바꿨다.

'패배의 역사에 푹 잠겨 있는 것' 자체가 우리에게는 너무도 익숙해서 마치 고향에 온 듯한 느낌이다. 남을 무릎 꿇리는 데는 아픔이 따르며 주위의 비난도 거세진다. 지고 있는 자신을 '원래 그렇지 뭐' 하며 우습게 여기고, 쓸쓸함을 견디고, 욕심 부리지 않고 지나가는 것이 실은 무엇보다 편하다는 사실을 신경의 깊은 부분이 알고 있다. 자기주장과 자기 정당화에 뛰어난 서구적 성격에 비해 "그게 일본의 장점"이라고 하면 틀린 말은 아니지만, 스스로의 장점에 자신감을 가지고 그것을 정당하게 평가하며 제대로 키워내기란 얼마나 어려운가. 자신에게 계속 희망을 가지는 것은 끙끙 앓으며 계속 지는 것보다 할 일이 훨씬 많다.

'이제 나도 이대로 천천히 하강선을 그리는 걸까' 생각하며 비행기에 오른 나를 그의 말이 다그쳤다. "잘못되었던 부분을 수정해서 '이렇게 하면 성공한다'고 말할 수 있게 되면 좋겠죠. 실패하는 용기를 가지는 건 매우 중요합니다. 실패의 프로세스가 성공으로 이어진다고 생각합니다" "용기란 익숙한 자신을 버리는 일입니다." 어휴, 맙소사. 이 사람에게 3년 반이나 채찍질당해온 럭비 대표 선수들은 얼마나 죽어났을지.

대부분의 인생은 스포츠만큼 명쾌한 승패가 뒤따르지 않는다. 무엇에 졌는지, 누구에게 이겨야 하는지도 잘은 모른다. 바로 그래서 목표를 세우기가 어렵고, 때로는 번지수를 잘못 찾아 적의를 불태우기도 한다. 이미 졌는지도 모른다. 앞으로도 진 채로 있을지도 모른다. 그 뜨뜻미지근한 진창에서 발을 잡아 빼는 일에도 역시 용기가 필요하다.

강한 에디는 떠났다. '아기의 미소'라고들 하는 제이미 조셉 수석 코치는 긴 터널을 빠져나온 그들을 어떻게 이끌 것인가.

귀국해서 내려선 북반구에는 차가운 바람이 불고 있었다. 나는
어떻게 영화를 만들어나갈까.

야구에도 3번의 기회가 있다는데

멀리 있기에

먼 곳을
보고 있어

나의 직업은 영화감독이지만 이렇게 지면을 얻어 글도 쓴다. 가끔 소설 같은 것도 쓴다. 그래서 "마찬가지로 이도류二刀流양손에 칼을 쥐고 싸우는 일본 검술 유파. 야구에서는 투수와 타자를 겸한다는 뜻으로 쓴다인 오타니 쇼헤이에 대해 써보면 어떨까요?"라는 말을 듣고 그건 너무도 이야기가 다르다며 쓴웃음을 지었다.

　나에게 '쓰기'란 운동선수가 하는 경기 전 달리기 연습이나 스트레칭 같은 것이 아닐까 싶다. 영화를 구상할 때 우선 그림을 그리거나 직접 연기하거나 카메라로 찍어보는 것부터 시작하는 사람도 있겠지만, 내 경우는 글쓰기부터 모든 것이 시작된다. 쓰지 않으면 찍을 것이 발견되지 않으며 어쩌면 사고조차 존재하지 않을지도 모른다. 수만 명에게 둘러싸인 마운드에서는 것보다 홀로 조깅하는 편이 좋다는 한심한 프로선수는 없겠지만, 나는 조깅을 하는 편이 역시 나답게 존재할 수 있는 것 같다. 소설은 영화와는 달리 눈에 보이지 않고 귀에도 들리지 않는 마음의 여행을 무한히 표현할 수 있다. 게다가 드는 것이라고는 생활비뿐. 이렇게 마음 편한 일이 또 없다. 배우를 화나게 하거나 울리지도 않는다. 눈보라나 폭풍이나 천둥도 마술사처럼 불러낼 수 있다. 아아, 즐겁다. 영화를 찍으면 찍을수록 소설은 무릉도원처럼 보인다. 하지만 그럼에도 여전히 영화를 기축으로 삼는 이유는 잘하지 못하는 것이 더 '일'답기 때문이다. 가끔 싫증이 나더라도 완전히 긇지는 않는다. 정말 즐거운 것을 일로 삼아버리면 도망쳐 뛰어들 장소를 잃을 것만 같다.

직접 이야기를 써서 두 번째 영화를 찍던 서른 살 무렵, "그런 식으로 하면 오래 못 가"라고 남에게 경고받은 적이 있다. 전에 대형 영화사에 있었다는 초로의 프로듀서에게 어떤 소설을 원작으로 영화를 찍지 않겠느냐고 권유받았을 때다. "다들 오리지널 각본을 써서 찍고 싶어 해. 그게 영화인의 원점이야. 하지만 머지않아 그렇게 말할 수 없게 되지. 아이디어나 재능은 언젠가 반드시 고갈되거든. 막다른 곳에 이르러서 쓴맛을 보게 돼. 그런 감독을 나는 여럿 봐왔어. 그러니 당신도 오래 할 작정이라면 조금 더 유연하게 생각하는 게 어때?"

망할 영감탱이, 라고 생각했다. '이야기 만들기'라는 가장 재미있는 부분을 빼앗기고도 영화를 할 수 있겠어? 나는 제안을 거절하고 줄곧 오리지널 각본으로만 장편영화를 만들었다.

그리고 10년. 망할 영감탱이의 예언은 적중했다. 실제로 아이디어는 고갈된다. 한 사람에게서 나오는 곡예의 폭은 정해져 있다. 한 작품 할 때마다 목이 점점 거세게 졸리는 느낌이다. '노인의 말은 틀린 게 없다'란 바로 이 경우인가.

오타니 쇼헤이 선수 역시 이도류에 대해 부정적인 의견에 둘러싸여 프로 구단에 들어갔다. 나는 야구에서 이도류가 좋은지 안 좋은지는 잘 모르지만 여하튼 영감탱이가 하는 말만은 절대로 듣지 말아달라며 편을 들고 있었다. 청년에게 하고 싶은 일이 있고 또 그것을 할 수 있는 힘이 있다니, 그 사실만으로 훌륭하지 않은가. 꺼져버려, 나프탈렌 냄새^{방취와 방충을 목적으로 옷장에 나프탈렌을 넣어두는 경우가 많은 노인들의 옷에 밴 냄새를 놀리며 하는 말!} 정론 따윈 걷어차버리고 아직 나지 않은 길을 가다오, 하며 점차 쇠해가는 나 자신을 내맡기듯 마음을 주고 있었다.

그러나 이도류는 순조롭게 진화하여 작년에는 시속 165킬로미터의 공을 던지고도 홈런 22개, 잔소리꾼 무리도 살살 녹이며 '일본의 보석'이라는 별명을 손에 넣었다. 적이든 아군이든, 프로야구 팬이든 아니든 모두가 대단하다고 입을 떡 벌리는 존재가 달리 있을까.

오타니 선수는 고등학교 졸업 후 메이저리그에 도전하겠다고 단언했다. 열여덟 살 나이에 역사를 바꿀 생각이었던 것이다. 그러나 결국은 닛폰햄 파이터스에 들어가기로 결정해서 '오타니 쇼헤이'가 다음 세대 고등학생들의 '노모 히데오^{동양인의 메이}

저리그 진출이 거의 없던 1995년에 미국으로 건너가 큰 성공을 거둔 일본 야구 선수'가 되

는 역사는 만들어지지 않았다.오타니는 2012년 일본 프로야구 신인 드래프트

를 앞두고 "내 꿈은 메이저리그 진출이다. 어차피 메이저리그로 갈 것이니 날 지명하지 말아

달라"는 입장을 표명했으나 닛폰햄 단장과 감독의 설득 끝에 마음을 바꾸었다. '나는 역

사를 바꿀 수 있다'고 자각하고 있던 사람이 그 순간을 놓쳤을

때의 실의는 어떤 것이었을까. 하지만 그럼에도 역사는 분명 바

뀌고 있다. 시속 165킬로미터로 던지는 일본인을 본 사람은 과

거 없었다. 그리고 그 선수가 연일 방망이를 휘두르며 오른쪽,

왼쪽으로 포물선을 그리는 광경을 본 사람도 세상에 없었다. 역

사를 바꾸려 하는 인물은 한두 번의 기회를 놓치더라도 기어코

바꾸고 마는 것인가.

현재 오타니 쇼헤이는 통쾌하리만치 그 누구와도 닮지 않

았다. 천진한 미소마저 띠고 전인미답의 성역으로 들어서는 밝

은 모험을 보며 누구나 두고 온 꿈을 되찾은 듯 흥분하지만 때

로는 문득 슬픈 기분도 스친다. 삼진을 잡고 포효를 해도, 홈런

을 때리고 주먹을 쳐들어도, 그의 눈동자 안쪽은 어딘가 훨씬

먼 곳을 바라보고 있는 듯한 느낌이 들어서.

'최고 구속 기록을 갱신했습니다, 일본 최고로 올라섰습

니다. MVP가 되었습니다. 입단 5년 차에 구단에서 연봉이 가

장 높아졌습니다.' 이 모든 것이 달성된 순간부터 그의 안에서

는 색이 바래기 시작한 게 아닐까. 경쟁할 존재도 없어서 얼마

간 외로움조차 감돈다. 틀림없이 먼 곳으로 갈 수밖에 없는 사

람이겠지. 외로운 사람만이 먼 곳으로 갈 수 있다. 괴물에게는 우수와 여행이 따라다니기 마련이다. 우리가 그 활약을 일상적으로 볼 수 있는 시간도 분명 한정되어 있을 터다. 그렇게 생각하기에 더욱, 올해도 역시 기대되는 한 해가 시작된다.오타니 선수는 2017년 12월에 로스앤젤레스 에인절스와 계약을 체결하여 현재까지 메이저리그에서 훌륭한 활약을 펼치고 있다.

각양각색의 신,
춤추는 나라

편집자가 권해서 하쓰바쇼*^{111쪽 스모 용어 참조}를 관전했다. 국기관*
에 가는 것은 7년 만이었다. 전대미문의 악동이라 불린 제68대
요코즈나* 아사쇼류제키*가 2010년 10월의 단발식*에서 도효
*에 입 맞추며 스모계를 떠난 이후 나는 심각한 상실감으로 의
욕을 잃어 오랫동안 오즈모*를 보러 갈 기력이 나지 않았다.^{오랫}
^{동안 자국 출신 요코즈나를 배출하지 못했다는 콤플렉스가 있던 일본 언론은 직설적이고 호}
^{쾌한 성격의 몽골 출신 아사쇼류가 '요코즈나의 품격을 해친다'며 집요하게 공격했다. 결국 아}
^{사쇼류는 2010년 어느 식당 주인과의 폭행 시비에 휘말려 반강제적으로 은퇴했으나 뒷날 야}
^{쿠자 출신의 식당 주인이 먼저 시비를 걸었고 아사쇼류는 주먹을 쓰지 않고 완력으로 제압했}
^{다는 사실이 드러났다.}

인기 선수들의 얼굴도 바뀌었다. 입구 앞에는 기모노 차림
의 여성을 옆으로 안아 올린 엔도제키의 입간판이 줄지어 서

있어서 나도 방긋 웃으며 구멍 뚫린 여성의 얼굴 부분에 내 얼굴을 집어넣고 찰칵. 그러자 그 옆에서 스모협회의 남색 점퍼를 입은 전 교쿠텐호제키(오시마 오야카타*. 현재는 '도모즈나 오야카타'라는 이름을 이어받음)가 팬들에게 둘러싸여 있었다_{스모 선수를 양}

<small>성하는 기관이자 그들이 소속된 각 그룹을 '헤야部屋(명사 뒤에서는 '베야'로 발음)'라 하는데, 교쿠텐호는 입문 당시 오시마베야大島部屋에 소속되어 있었고 은퇴 후 2년 동안 '오시마 마사루'라는 이름으로 스모협회 임원으로 활동하여 '오시마 오야카타'라 불렸다. 2017년 6월부터는 도모즈나베야友綱部屋를 계승했다.</small> 소용돌이에 뒤섞여 나도 야무지게 사인을 부탁하고 말았다. 어째서일까. 내가 맞나 싶을 정도로 들떠 있었다. 하지만 인심 좋게 한 사람씩 응대해주는 오시마 오야카타는 말끔하게 머리를 깎은 데다 등줄기는 곧게 뻗어 늠름해 보여서 "오야카타, 변함없이 멋있으시네요" 나도 모르게 말을 걸었더니 "열심히 다이어트하고 있어요"라고 상냥하게 대답해주었다. 아아, 스모 선수님이 내게 말을 해주다니 꿈만 같아⋯⋯. 하오리와 하카마_{일본의 전통 겉옷과 하의} 차림으로 국기관에 들어서는 현역 선수의 얼굴은 긴장으로 굳어서 인간의 모습을 한 신처럼 다가가기 어려운 분위기와 요기妖氣가 피어오르고 있었지만, 점퍼 차림의 옛 레전드들은 통로나 창구에서 담담하게 잡무에 종사하고 있어 이상하리만큼 친근한 존재로 느껴지는 것도 국기관이 가진 오락 시설로서의 매력이다.

결과적으로는 특별한 색깔의 경기가 되었다. 체격을 타고 난 실력자임에도 몇 번이나 요코즈나가 될 기회를 놓쳐온 서른

살의 기세노사토제키가 처음으로 우승하여 요코즈나 승격을 결정지었다. 아사쇼류제키를 편애했던 나로서는 마쿠우치*에 든 당초부터 매 경기 애먹게 만드는 꺼림칙한 상대였고 몇 번이나 긴보시*를 배급하게 해 간담이 서늘했지만, 상위로 올라간 뒤로는 답보 상태라서 일본 출신 요코즈나를 목 빠지게 기다리는 팬들을 애태워온 모양이다. '어째서 이 상대에게' 하는 장면에서 호흡이 헛돌아 맥없이 도효 밖으로 밀려나는 모습을 나도 몇 번이나 본 적이 있다. '어차피 기세노사토는 중요한 대목에서 질 거야'라는 체념이 세간에 정착된 듯도 했다.

하지만 그의 표정을 보고 "이번 바쇼*는 안정감이 다르다"고 말하는 목소리도 있었다. 묘한 얼굴을 하고 있다고 나도 생각했다. 쌓여가는 가치보시*에 흥분하는 세상 사람들과는 반대로 상대와 맞붙기 직전의 대기 자세에서도 투지나 기합 같은 승부사다운 긴장된 정서는 배어나지 않았으며, 가치보시를 쌓아도 오히려 나날이 모든 것을 포기하고 눈조차 겨우 뜨고 있는 듯한 텅 빈 표정이 되어갔다. 일본 오즈모의 미의식에서 무엇을 안정감이라고 부르는지는 모르겠지만 문외한인 내 눈에는 섬뜩하게조차 보였다. 대체 어떤 심경일까?

우승한 다음 날 신문에 기세노사토제키 아버지의 수기가 실렸다. '사상 최강의 요코즈나'로 불리는 하쿠호제키^{몽골 출신의} ^{69대 요코즈나 하쿠호 쇼}의 군림 아래 생겨난 외국 세력 대 일본 세력이라는 구도로 일본 전 국민의 기대를 한 몸에 받았던 탓에 "중학교를 졸업한 뒤로 스모밖에 모르며 순수 배양된 본인 입장에서는 병이 날 정도의 중압감을 느꼈습니다"라고 쓰여 있었다. 일본인 요코즈나의 부재 기간이 길어지는 것을 자신의 탓으로 돌린 적도 있었을까. 그렇다면 괴로운 일이다.

몇 번이나 좌절하고 스스로에게 낙담과 분노를 거듭해온 인간의 얼굴에는 평범한 사람이라면 기뻐하는 일에도 더 이상 쉽사리 들뜨지 못하는 불구가 된 마음이 배어난다. 승리의 행진은 타인의 기대를 한층 더 불러들이는 일이기도 하며, 패배가 승리보다 많아지는 경우가 거듭되어도 '계급 강등'으로 그치는 오제키°와 '은퇴' 말고 다른 길은 없어지는 요코즈나는 서 있는 산봉우리의 험준함이 다르다. 앞으로는 한층 더 열심히 해야 할 텐데 생각하며 "사실은 가엾습니다"라고 마무리된 아버지의 수기를 읽으면, 그 묘한 표정은 앞도 뒤도 지옥이라는 것을 알면서도 '완벽하지 않은 자신'이 도망치지 않고 그곳에 있는 어려움을 온몸으로 받아들여온 끝에 나타난 일그러진 결정結晶처럼도 보였다.

얄미울 만큼 강하다고들 했던 기타노우미제키[55대 요코즈나 기타노우미 도시미쓰]도, 머리부터 발끝까지 완벽했던 지요노후지제키[58대 요코즈나 지요노후지 미쓰구]도 연달아 세상을 떠났으니 스모계에도 새로운 시대가 구축될 것이다. 우승컵을 건네받은 뒤 표정을 바꾸지 않은 채로, 그럼에도 오른쪽 눈에서 왼쪽 눈에서 투명한 눈물을 뚝뚝 떨어트린 기세노사토제키에 대해 마이노우미 쇼헤이^{전 스모 선수로 은퇴 후 스모 해설자로 활약하고 있다} 씨는 "뭔가 하나쯤 부족한 점을 느끼기 때문에 오히려 매력적이고 모두에게 사랑받는 것이 아닌가"라고 평했는데, 그것은 강하기만 한 사람은 아무리 발버둥 쳐도 손에 넣을 수 없는 보석일 것이다.

이리하여 19년 만의 일본 출신 요코즈나도 탄생했고, 또다시 반즈케*도 복잡하게 섞여버렸다. 집게손가락을 세우며 국경을 봉쇄하고 싶어 하는 대통령의 취임에 반대하며 배우 메릴 스트립은 "할리우드는 다른 지역에서 온 사람들과 외국인의 모임입니다. 그 사람들을 모두 내쫓으면 풋볼이나 격투기밖에 볼게 없어집니다"라고 연설했는데, 오즈모 역시 러시아, 브라질, 조지아, 불가리아, 이집트, 중국, 몽골 등 할리우드에 뒤지지 않을 만큼 선수들의 출신지가 각양각색이다. 도효에서 춤추는 인간 모습의 신들은 다양한 힘과 개성으로 물들어 경기는 더더욱 재미있어질 것이다. 다른 곳에서 온 사람의 고유한 매력도 발휘되는 경기가 내 나라에서 여전히 이만큼이나 사랑받는다는 사실에 가슴을 펴고 싶다. 반드시 국기관에 또 갈 거야!

● 스모 용어

· 하쓰바쇼: 홀수 달에 열리는 공식 스모 경기인 혼바쇼 중 1월의 경기.

· 국기관: 스모 경기가 열리는 건물 이름.

· 요코즈나: 최고 등급의 스모 선수.

· 제키: '세키토리'의 약칭인 '세키'가 사람 이름 뒤에 붙어 변형된 것으로 '세키토
　　　　리'는 스모의 열 개 계급 중 여섯 번째 계급인 주료十兩 이상의 선수를 일컫는
　　　　말이다.

· 단발식: 스모 선수가 은퇴할 때 상투를 자르는 의식.

· 도효: 스모 경기장.

· 오즈모: 일본스모협회가 주최하는 스모 경기.

· 오야카타: 은퇴한 스모협회 임원을 이르는 말.

· 마쿠우치: 스모 계급 가운데 상위 다섯 개 계급의 총칭.

· 긴보시: 스모 경기에서 다섯 번째 등급인 마에가시라 선수가 최고 등급인 요코즈
　　　　나를 상대로 승리하는 것을 일컫는 말. 긴보시는 '요코즈나가 하위 선수에
　　　　게 준다'는 개념이어서 '긴보시를 배급한다'고 표현한다.

· 바쇼: 스모 경기를 하는 곳 또는 그 기간.

· 가치보시: 스모에서 이긴 사람 이름 위에 그리는 흰 동그라미.

· 오제키: 요코즈나의 바로 아래 등급.

· 반즈케: 스모 선수의 순위표.

먹으면
먹을수록

"아직 뛸 수 있어?"라며 사람들을 놀라게 한 베테랑 선수는 그 옛날 명백하게 '아저씨'의 얼굴을 하고 있었다. 실례를 무릅쓰고 이름을 말하자면 내 기억에 짙게 남아 있는 사람은 '불혹의 대포'라 불렸던 전 난카이 호크스^{현 후쿠오카 소프트뱅크 호크스}의 가도타 히로미쓰 선수. 마흔네 살까지 현역으로 뛰었고 마지막 시즌에도 홈런 일곱 개를 쳤다. 왼발을 도끼처럼 높이 쳐들었다 던지는 '왕도끼 투구법'으로 유명한 무라타 조지 투수는 시속 145킬로미터를 던지면서 마흔 살에 은퇴. 사람들은 "용케도 그 나이까지"라며 놀랐는데 어린 나도 '정말 그렇네' 하고 수긍하게 되는 용모였다. 격렬한 스포츠를 하는 사람이라기보다 덕을 쌓은 주지 스님 같은 정적이고 원숙한 풍격을 느꼈다.

이에 비해 미우라 가즈요시^{1967년생 축구 선수} 씨나 스즈키 이치로[1973년생 야구 선수] 씨, 다테 기미코[1970년생 테니스 선수] 씨는 자극을 주는 현역 느낌으로 가득하다. 그들이 '아저씨' '아줌마'로 느껴지지 않는 이유는 나도 동시에 아줌마가 되었기 때문이겠지만, 여하튼 그들은 '아직 뛸 수 있다니 대단해' 하고 놀라는 수준을 이미 뛰어넘어 과연 앞으로 어디까지 갈 것인지 희망을 품게 하는 운동선수라는 생각이 든다. 나이를 먹어도 멋있는 게 아니라, 나이를 먹을수록 멋지게 보이는 사람들이다. 이치로도 흰머리가 늘었지. 가즈[미우라 가즈요시의 애칭]도 다테도 주름이 깊어졌다. 하지만 그들이 나이를 먹으면 먹을수록 왠지 세계가 밝아지는 것처럼 보인다.

쉰 살을 맞이한 미우라 선수는 열아홉 살 때 브라질에서 프로로 데뷔한 이후 32년째 현역 생활을 이어가고 있다. 쉰 살로 경기장에 서고 팀에서 기용되기 위해 얼마만큼의 노력과 높은 의식 수준을 계속 유지해왔을지는 보통의 선수와 비교하면 충분히 이해할 수 있다. 그러나 미우라 선수는 고비마다 "축구가 좋아" "즐거워"라는 단순하기 그지없는 말을 내뱉는다. 그러고 보면 운동선수란 좋아하는 일에 종사할 수 있는 시간이 극히 짧은 직종의 사람들이라는 생각이 절실히 든다.

내가 종사하는 세계의 베테랑들은 육체의 노쇠로 추려지지 않는다는 점이 기회라는 듯 엄청나게 강인하고 기력 넘치며, 무서우리만치 현역에 집착하고 은퇴하려 하지 않는다. 얼마 전 아흔세 살로 작고한 스즈키 세이준 감독은 1967년작 〈살인의 낙인〉을 본 닛카쓰영화 제작 및 배급 회사의 사장으로부터 "뭐가 뭔지 알 수 없는 걸 찍지 마"라는 말을 듣고 회사에서 해고당했지만 그 뒤로도 '뭐가 뭔지 알 수 없음'을 겁내지 않고 계속 자신만의 미적 세계를 추구했으며, 마지막 작품 〈오페레타 너구리 저택〉을 찍었을 때는 여든둘이었다. 일흔일곱 살 때 만든 〈피스톨 오페라〉는 촬영감독에 예순다섯의 마에다 요네조 씨, 미술감독에 여든둘의 기무라 다케오 씨가 포진해 있었는데 자정이 지나도 태연하게 촬영을 계속했다고 한다(역시 뭐가 뭔지 알 수 없으면서도 아름다운 영화였습니다).

해외에도 마틴 스코세이지 일흔네 살, 리들리 스콧 일흔아홉 살, 클린트 이스트우드 여든여섯 살, 우디 앨런 여든한 살. 그들의 빠른 제작 속도도 놀랍지만 그것이 만약 '할아버지에 의한, 할아버지를 위한 영화'로 완성되었다면 그러려니 할 것이다. 하지만 최신 디지털 기재나 컴퓨터 그래픽 기술도 가뿐히 도입하고 화면 구도나 색조, 음악, 캐스팅, 대사 표현까지 구시대적인 느낌이 손톱만큼도 묻어나지 않는 것이 너무도 신기하다.

내 주위에도 60, 70대는 활약하고 있다. 지난번에 기타노 다케시 감독의 작품으로도 유명한 촬영감독 야나기지마 가쓰미 씨에게 연락했더니 이런 소식을 전해왔다. "3월에 촬영하는 작품이 중단되었고 6월에 들어갈 예정이었던 것도 연기되어 단번에 한가해진 덕분에 매주 스키 삼매경입니다." 예순여섯 살. 졸작 〈아주 긴 변명〉의 야마자키 유타카 촬영감독은 일흔여섯 살. 쉰일곱 살까지 텔레비전 다큐멘터리를 중심으로 일하다가 그 뒤 극영화로도 데뷔해서 이미 개봉작이 스무 편 가까이 된다. 차만 타면 차창 밖으로 몸을 쑥 내밀며 찬바람을 맞고, 물만 보면 순식간에 딱 달라붙는 수영복 차림으로 변신해 뛰어든다. 배우가 촬영 도중 연기로 집어던진 플레이스테이션 2 본체가 아주 가까운 거리에서 카메라를 짊어지고 있던 야마자키 씨의 다리에 거세게 부딪쳤을 때도 프레임은 미동조차 하지 않았다. 컷을 한 직후 바닥에 고여 있는 거무죽죽한 피를 본 누군가가 비명을 질러 그제야 야마자키 씨의 정강이에서 피부가 가장 얇은 곳에 큰 상처가 난 것을 알았지만, 본인은 소동의 중심이 되어 조금 기쁜 기색이기도 했다. 이틀 뒤에 봤더니 상처는 완전히 아물어 있었다. 파충류에 뒤지지 않는 회복력을 보이는 1940년생. 전후 식량난 시기에 대체 뭘 먹고 자라야 그리 될까?

산토리의 우롱차 광고 등으로 잘 알려진 아트디렉터 가사이 가오루 씨는 예순일곱 살. 사진작가 우에다 요시히코 씨도 데뷔 35주년을 맞이했으며 올해 환갑이다. 두 분 모두 일 때문에 알게 되었는데 갓 완성한 디자인이나 사진에 대해 이야기할 때의 기쁜 듯한 흥분 상태는 나무 밑동에서 벌레를 발견한 초등학교 2학년생의 얼굴과도 비슷하다. 다들 일본의 가장 좋은 시대에 일을 배운 사람들이다. 그래서 타협이나 거리낌 없이 하고 싶은 것을 '하고 싶다'고 말한다. 그들이 대가라서 주위 사람들이 잠자코 있다기보다 이 사람이 그렇게까지 즐겁다면 마음대로 하게 해줄까, 하는 기분이 들게 만든다. 하지만 그게 또 확실히 좋은 아이디어라는 말씀. 신화 같은 이야기지만 오랫동안 최전선에서 한 가지 일을 계속하고 있는 사람들의 공통점은, 미우라 선수의 말처럼 아무리 오래 해도 단순하게 자기 일이 즐거워서 못 참겠다는 '변태성'일지도 모른다.

미우라 선수의 50대를 기대하며, 뒤따르는 우리도 그들에게 통째로 잡아먹히지 않도록 정면으로 싸워나가야 한다. 와, 큰일이다.

야구의 나라에서
태어난 행복을

3월 12일. 일요일 정오가 지난 무렵, 인적도 드문 스이도바시 역에서 내렸다. 직활강하는 롤러코스터에서 울려 퍼지는 비명이 온화한 날씨 속으로 녹아든다. 작년 9월 히로시마 도요 카프가 우승을 결정지은 이후 처음 오는 도쿄돔인데, 두근거리는 마음으로 장내에 발을 들여놓자 들려온 것은 함성도 악기 소리도 아닌 "아사히예요" "프리미엄 몰츠 다 맥주 이름예요" 하는 비어걸의 목소리뿐이었다. 월드 베이스볼 클래식[WBC] 2라운드, 이스라엘 대 쿠바전. 홈 플레이트 뒤로 하늘색 다윗의 별 국기를 흔드는 이스라엘 관중이 드문드문 보이지 않는다면 어느 팀 3군 연습 게임인가 할 정도로 장내는 한산했다. 티켓 한 장으로 낮 경기와 밤 경기를 모두 볼 수 있는 시스템이었다. 그렇게라도 하지 않으면 WBC의 외국 팀 경기는 무관중이나 다름없을 것이다. 자리에 앉아 비어 걸을 불러 이치방시보리^{맥주 이름}를 받았다. 생각보다 훨씬 근사한 휴일이다. 시속 150킬로미터의 직구는 이런 소리로 포수 미트를 때리는구나, 나무 방망이 중심에 볼이 맞았을 때의 소리는 얼마나 깨끗한지…… 감동하는 것도 잠시, 맥주가 3분의 1도 줄어들지 않은 시점에 꾸벅꾸벅 졸고 말았다. 그도 그럴 게 너무 조용하니까.

그런데 시합이 진행될수록 통로를 사이에 두고 왼편에 앉은 백인 남성 그룹의 응원 소리가 거세졌다. 뒷머리를 말끔하게 깎고 팔에는 잔뜩 문신을 한 그들의 맥주 컵은 순식간에 동난다. 어느 나라 사람일까. 이스라엘인 같지도 않고, 쿠바인 같지도 않고. 그런데 이스라엘 대표이자 뉴욕 메츠 소속인 내야수 T. 켈리가 타석에 서자마자 그들은 "렛츠 고 켈리! 고 베이비!" 하며 미국식 영어로 유난히 크게 소리를 질렀다. 그러고 보니 이스라엘 대표는 본국에 영주권만 가지고 있는 유대계 미국인뿐이라고 들었다. 아아, 혹시 이들은 요코타나 아쓰기^{미군과 일본 자위대가 함께 사용하는 군사기지} 일대에 계신 일행분들? 취기가 오르자 점점 켈리 선수가 수비를 하든 벤치에 있든 관계없이 "어이, 켈리, 가라, 켈리! 네가 가면 돼! 이제 뉴욕으로 돌아가버려, 메츠가 기다리고 있다고! 후우!(니시카와 번역)" 하며 맥락도 없는 야유와 쓸데없이 큰 웃음이 돔에 울려 퍼졌다. 저런, 저런. 켈리 선수도 일본까지 와서 힘들겠군. 오히려 우리가 타지에서 온 사람처럼 겸연쩍어져 그들에게서 시선을 돌렸고 점점 조용해졌다. 승패를 떠난 평온하고 호사스러운 휴일은 끝났다. 그렇다고 마초 같은 그들에게 "시끄러워!" 하며 대놓고 한마디 할 용기도 없다. 관중이 너무 없어서 매출이 안 좋다고 판단했는지 어느새 비어 걸도 철수해버렸다. 그러자 그들은 자리에서 일어나 매점에 맥주를 사러 간 김에 일본팀 유니폼을 입고 돌아왔다. 설마 댁들, 일본 서포터였어? 거짓말!

이스라엘 대 쿠바전은 4대 1로 종료. 오후 5시가 지나자 빈자리는 속속 채워졌고 드디어 천하제일을 가리는 국제 대회의 긴장감이 감돌기 시작했다. 일본의 대전 상대는 네덜란드 대표팀. 이쪽 역시 카리브해 등지 출신에다 메이저리그를 경험한 선수도 많은 만만찮은 나라. 하지만 4번에 야쿠르트 스왈로스의 발렌틴 선수, 선발투수에 소프트뱅크 호크스의 밴덴헐크 투수가 지명되어 있는 것을 보자 일본 야구의 높은 수준이 증명된 듯해서 살짝 기쁘다.

시합이 시작됨과 동시에 나는 압도되고 말았다. 평소 히로시마전에서 듣던 다나카 고스케 선수나 기쿠치 료스케 선수의 응원가를 트럼펫 연주자가 완벽하게 연주했고 외야의 관중도 망설임 없이 떼창을 시작했기 때문이다. 자칭 잉어당이면서 〈가라, 카프〉의 1절을 부르는 것이 고작인 나는 당황했다. 하지만 당연하단 듯이 카프 선수뿐만 아니라 선발 멤버 전원의 응원가를 일사불란하게 소화해내는 일본의 야구 팬들! 다들 대체 어느 틈에?

낮의 그 일행분들 쪽을 슬쩍 훔쳐봤다. 한목소리로 응원하는 일본인으로 사방이 둘러싸여 그들은 멀리, 작게 보였다. 술도 깼는지 새하얀 얼굴로 묵묵히 게임을 보고 있었다. 낮에 그렇게나 방약무인하게 소란을 피워대도 누구 하나 눈조차 맞춰주지 않았던 일본인들이 대군중이 되어 흥분하면 이렇게 된다는 것을 그들은 어떤 식으로 느끼고 있을까.

공수가 바뀌어 상대 팀 공격 때가 되자 분위기는 180도 변해 쥐죽은 듯 고요해졌다. 4만 4천 명이 넘는 대군중이 숨을 죽이고 자기편의 투구에 집중한다. 이닝 초와 말, 이처럼 귀에 들리는 소리가 달라지는 시합도 없지 않을까. 재주 많은 응원단 사람들이니 일본 팬에 친근한 발렌틴 선수의 첫 타석쯤은 그의 응원가라도? 하고 기대했지만 그런 애교스러움이 허용되는 분위기도 아니었다. 하지만 혹시 미국의 다저스타디움에서 현지 사람들이 "아오키²⁰¹⁷년 WBC에서 일본팀 중 유일한 메이저리거였던 아오키 노리치카 선수! 하고 외친다면? 분명 모두가 행복해할 텐데.

결과적으로는 국제 시합의 야구사에 남을 접전이었다. 대혼전을 11회의 승부치기로 훌륭히 제압했다. 더 이상 일본의 야구는 부족한 파워를 치밀함만으로 극복하려 하지 않는다. 육수부터 정성껏 우려내 만든 일본 요리처럼 섬세하고 조화로우며 풍성하고 아름답다. 360도로 둘러앉은 팬들의 성원은 장관이었고, 그에 응해 화려하게 승리를 거머쥔 대표팀의 승부근성에 열광했으며, 일본 야구 팬과 선수가 서로를 생각하고 사랑하는 모습에 가슴도 뜨거워졌다. 그리고 그만큼 일방적인 성원 속에서, 혹은 정적 속에서 그 나라 사람다운 투지를 드러내며 끝까지 싸운 각국 팀 선수들도 역시 훌륭했다.

틀림없는 강팀인 한국과 쿠바가 부진한 것은 아쉬웠다. 유망한 쿠바의 한 선수는 10대 때 미국으로 스카우트되어 망명한다고도 들었다. 야구는 보급률이 낮은 탓에 세계 대회의 장이 적어 각 나라 안에서도 자체적으로 발전해왔을 텐데, 뭐든 메이저리그의 기준을 따라가느라 나라마다 특색이 옅어져가는 것은 재미없다. 세계 랭킹이 몇 위든 어느 나라에 이기든 지든, 일본의 야구는 마치 전통 공예품처럼 독자적으로 엄격하게 연마되어 정밀한 진화를 이루어온 스포츠다. 그런 만큼 또 이렇게 다른 나라와 싸우는 자리에 서면 "국가의 위신을 걸고"라는 말도 무심결에 튀어나오지만 사실 이 나라 야구의 가치는 그런 것으로 달라지지 않는다.

하지만 바로 그 때문에, 이 한없이 재미있는 야구라는 스포츠로 낯설고 먼 나라의 사람들과 전술도 체격도 완전히 다른 힘겨루기를 하는 게 즐겁다. WBC 같은 건 세계적으로 보면 주목받는 대회가 아니에요, 하는 빈정거림도 듣지만 그렇다면 더더욱 야구의 재미를 맛볼 수 있는 나라에서 태어난 행복을 음미하리라. 아아, 더 오래 보고 싶지만 다음번은 4년 뒤. 세계 야구인 여러분, 즐거운 봄을 선물해주셔서 고맙습니다.

봄의 소리

취미를 일로 삼는 건 행복일까. 나는 어린 시절부터 영화 보는 것을 좋아했고 소설이나 사진이나 음악도 취미라고 생각해왔지만, 지금은 그 모두를 여전히 좋아하기는 해도 더 이상 취미라고 말하지는 못한다. 곳곳에서 일에 관한 힌트를 감지하고, 또내 의지로 힌트를 포착하려고 억척스레 굴기도 한다. 신경이 예민해져서 기분이 하나도 편해지지 않는다. 그런 와중에 스포츠를 볼 때만큼은 영화를 잊었다. 삼진의 흥분, 골의 충격, 홀인의 열광, 우와테나게스모에서 상대방의 팔 위로 허리띠를 잡고 던지는 기술의 쾌감, 그때마다 의자를 박차고 일어나 마구 고함친다. 이런 게 바로취미라는 거지!

그러나 나는 중학교 시절부터 애독해온 〈스포츠 그래픽 넘버〉에 2015년부터 필진으로 참여하게 되었다. 솔직히 말하자면

야구에도 3번의 기회가 있다는데

내키지는 않았다. 너무 동경하는 것을 자기 쪽으로 끌어당기면 좋은 꼴을 못 본다. 부탁이니 이 오아시스를 전장으로 만들지 말아줘. 하지만 상대는 고요히 잠든 아이도 울리는 분게이슌주〈넘버〉를 발행하는 일본의 유명 출판사. 최근 몇 년 사이 정치가나 연예인의 스캔들을 수차례 보도하여 주목받았다, 설득도 장난이 아니다. 정신 차리고 보니 연재한 지도 1년 반이 넘어 있었다.

예상했던 대로 나는 벽에 부딪쳤다. 소재가 떨어져서 볼 생각도 없던 중계를 수면 부족 상태로 보는 한편, 보고 싶었던 경기에 대한 의욕도 잃어가고 있었다. 여기서 한 걸음 더 분발하는 사람을 프로라고 한다. 나는 프로가 아니다. 아니, 그보다 이 잡지에 대해서만큼은 어쨌거나 프로가 되고 싶지 않다. 중대한 취미 상실의 위기라고 생각해 곧장 빠지겠다는 뜻을 내비치기 시작한 나에게 〈넘버〉 편집부가 지체 없이 건넨 것은 기세노사토제키의 요코즈나 승격이 걸린 하쓰바쇼 티켓이었다. 그야말로 고양이에게 개다래나무. 야옹! 하고 달려들어 '가끔은 시합을 실제로 본다'는 새로운 모토 아래 당분간은 조금 더 쓰기로 한 것입니다.

그렇다 해도 스포츠 관람에는 돈이 든다. 오즈모는 2층 의자석 티켓이 8500엔. WBC는 낮과 밤 두 경기를 모두 볼 수 있는 내야석 티켓이 1만 엔. 히로시마의 마쓰다스타디움에서 열리는 이번 시즌 리그전 티켓이 개막 전에 매진되어서 3600엔짜리 내야 지정석 티켓이 벌써 암표로 2만 엔에 팔리고 있는 모양이다. 작년에 25년 만의 리그 우승에 자제심을 잃고 저금통을 깨부숴 암표상의 봉으로 전락한 나로서는 몸서리가 나는 이야기다.

그런 와중에 간사이로 떠났다. 처음 보는 선발 고교 야구대회^{매년 3월 하순에서 4월까지 효고현 니시노미야시의 고시엔구장에서 열리는 일본의 고등학교 야구 경기. 이 대회를 '봄의 고시엔'이라 하고, 8월에 열리는 전국 고교 야구 선수권 대회를 '여름의 고시엔'이라 한다.} 중요한 광고 일의 사장 프레젠테이션도 빠져가며 들떠서 고시엔으로 향하는 나를 보는 동료의 시선은 차가웠다. "이것도 일이니까" "네에, 네에, 맘대로 하세요." 좋아하는 것을 일로 삼으면 이렇다니까. "기요미야^{저자가 이 글을 쓴 당시 고등학생 스타 선수였던 기요미야 고타로. 현재는 닛폰햄 파이터스 소속의 프로 선수}의 와세다실업고등학교가 2회전에서 탈락했으니 당일권으로도 들어갈 수 있을 거예요"라고 편집자가 조언해줘서 빈손으로 신칸센에 올라탔다. 봄의 고시엔은 벚꽃이 피는 이미지였는데 롯코산 산등성이는 아직 하얀 눈을 뒤집어쓰고 있었다. 겉옷을 잘못 가져왔다. 나는 고교 야구는 잘 모른다. 선수도 모르고, 나와 인연도 없는 고등학생끼리의 시합을 어떻게 봐야 할지도 모른 채 태어나서 처음으로 고시엔 역에 내렸다. 매표소에 늘어선 사람들의 줄은 한신고속도로 아래를 지나 역에 닿을 듯이 이어져 있었지만 과연 4만 7천 명을 수용할 수 있는 고시엔구장. 문이 열리자 기나긴 줄을 여유롭게 삼켜나갔다. 티켓은 홈플레이트 뒤가 2000엔, 내야석은 어른 1500엔에 어린이 600엔,

알프스석고시엔구장에서 내야석과 외야석 사이의 자리를 일컫는 말. 양 팀 응원단이 이곳에서 응원을 펼친다 600엔, 외야석은 무료. 어느 자리든 평등하게 자유석. 프로 경기에 비해 가격이 양심적인 것은 당연할 수도 있지만, 까까머리 초등학생이 자기들끼리 와서 둥글게 뭉쳐 서 있는 모습을 보니 왠지 기쁘다. 나의 단골 미용사는 고베 사람인데 경기 시즌이면 친구끼리 자전거를 타고 와 외야에서 시합을 보는 것이 일과였다고 한다. 근사한 청춘. 아이들이 아이들끼리만 노닥거리러 올 수 있는 장소가 있다는 것은 역시 좋다.

와아아! 소리를 지르며 두 학교 선수들이 벤치에서 달려나와 정렬하고 인사한다. 곧이어 작은 나뭇가지 같은 초등학생 야구 소년이 시구를 하러 긴장하며 마운드에 올랐다. 구심의 플레이 볼 사인과 동시에 힘껏 던진 하얀 공이 활처럼 휘면서 포수 미트까지 가닿아 구장이 달아오르자, "평생 갈 추억이긋제" 하고 옆자리 중년 커플이 그 지역 말투로 진지하게 중얼거렸다. 공격 팀의 알프스석에서 관악대가 유행가를 연주하기 시작하자 장내 아나운서에게 이름이 불린 1번 타자가 "뚜" 하는 사이렌도 그치지 않은 사이에 금속 방망이를 울리고 슬라이딩한 1루의 흙이 피어오르는 소리가 들린다. 유니폼은 벌써 흙투성이다. 오사카의 리세이샤고등학교 대 효고의 호토쿠가쿠엔고등학교. 미안, 둘 다 잘 몰라. 그런데도 이 아줌마는 벌써 눈물이 나고 말았어.

손가락으로 아웃 카운트를 표시하는 고등학생 야구 소년

이 '오빠'로, 알프스석에서 기도하는 여고생이 '언니'로 보였던 것은 몇 살까지였을까. 얼른 저렇게 멋있어지고 싶다, 예뻐지고 싶다며 브라운관을 바라봤었는데 어느새 그들이 슬플 정도로 순진해 보이게 되었다. 그래도 변치 않는 것은 소리가 아닐까. 이곳에 오면 일본인의 기억 속에 새겨진 봄과 여름의 소리가 난다. 전광판 스피커에서 광고와 거친 하드록이 끊임없이 나오지 않고, 알프스석 이외의 관중 대부분이 편향된 응원은 하지 않는다. 그래서 여러 소리가 잘 들린다. 젊은 사람들이 입 맞춰 내는 소리. 역시 나름대로 피나는 단련을 하며 매일을 보내왔을 일사불란한 관악대의 합주 소리. 고지식한 템포와 톤의 장내 방송. 알프스석에도 그라운드에도 이제 두 번 다시는 돌아오지 않을 나날의 음성과 소리가 꽉꽉 차 있다.

보는 사람 마음속의 생각이야 오만 가지겠지만, 구장 전체에는 남의 집 아이의 앞날을 축복하는 다정함이 있다. 어느 쪽이 공격을 하든 수비를 하든 그때마다 환호하고 박수로 칭찬한다. 그것은 프로의 전장에는 없는 풍경이다. 평일 대낮의 관중 속에는 이미 여러 가지를 잃어버린 경험을 거듭해온 연령층도 많다. 아마도 아직 많은 것을 잃어버리지는 않았을 사람들에게 뭐라 말을 걸고 싶어 하는 마음이 넘쳐나는 것처럼도 보인다. "아직 여름이 있어!" 패배한 아이들에게 그 말을 하며 모두가 스스로 곱씹어보고 있기도 하다. 아직 여름이 있어. 나도 그렇게 생각하고 싶다. 봄의 고시엔은 이른 봄 그 자체다.

밝은 축제

두 달에 한 번 연재하는데 최신호를 펼쳤더니 구도 간쿠로^{각본가}

이자 영화·드라마 감독 씨가 연재 멤버로 합류해 있었다. 말씀하기를
원래 스포츠는 좀 거북하다고. 스포츠 하면 따라붙는 마초스
러운 정신론이 특히 거북하다고. 구도 씨답다는 생각이 들면서
도, 현재 올림픽을 테마로 한 드라마 집필에 도전 중이신데 거
기다가 〈넘버〉 연재까지 신규로 받아들이는 도량과 능력이라
니. 문장 또한 부러울 정도로 허세가 없고 점잔 빼지 않으면서
도 날카로운 맛이 제대로다. 영화도 올림픽 개최 주기로 만들면
서 월 1회 연재가 힘들다고 편집부에 눈물로 호소했던 나 자신
을 돌아보니 "으악" 비명을 지르며 달아나고 싶어졌다. 하지만
남과 비교해서 나를 깎아내리는 것은 40대의 건강에 나쁘니 그
만두겠다. 끙끙거림 금지.

그나저나 구도 씨는 "사실 중학교 때는 농구부였고 고등학교에서는 주장이었으며" "농구는 지금도 좋아한다"고 한다. 농구? 그거라면 나도 했지. 하지만 한 번도 프로 경기를 제대로 본 적이 없다. 자, 그렇다면 화제의 B리그 챔피언십일본 남자 프로농구 리그의 우승 결정 토너먼트전을 보러 요요기 제1체육관으로!

어리바리한 나를 따라와준 편집부의 S 씨도 농구부 출신이라고 한다.

"농구 자주 보세요?"

"부끄럽지만 거의 안 봐요."

"네? 뭐라고요?"

"거. 의. 안. 봐. 요!"

"네? 뭐라고요?"

S 씨의 목소리가 들리지 않는다. 경기장이 무시무시할 정도로 흥겹게 연출되어 있는 탓이다. 어스레한 체육관 안에는 레이저 광선이 교차하고, 횃불이 피어오르며, 두둥 두둥 배 속까지 울리는 대음량 비트 속에서 MC가 "줄리아나 도쿄─오1990년대 초반의 전설적인 디스코텍 줄리아나 도쿄에서 외국인 DJ가 했던 멘트" 같은 버터 섞인 발음의 고성을 질러대는데 정작 선수 이름이나 용어는 울려서 뭐가 뭔지 잘 모르겠다. 80년대 디스코 붐에도 90년대 클럽 신에도 몸을 내맡기지 못했던 나는 기가 죽어서 몸이 굳는 패턴이다. 가와사키 브레이브 선더스와 도치기 브렉스현재는 우쓰노미야 브렉스의 역사적인 초대 챔피언 결정전. 반드시 인기 프

로스포츠로 정착시켜야 한다. 한순간이라도 관중을 지루하게 해서는 안 된다는 주최 측의 기백이 용솟음쳐 여백이나 정적을 극단적으로 두려워하는 느낌도 들었으나 게임 자체는 쿼터마다 우세가 바뀌며 분위기가 고조되었다. "좋은 시합이네요!" 하며 말을 걸었지만 역시 S 씨에게는 들리지 않는 모양이었다.

하지만 팬들은 그 공간에 완전히 익숙해진 것 같기도 했다. 관중 수는 가까운 가와사키보다 도치기가 우세. 도치기, 미카와, 오키나와 등 이제까지 인기 프로스포츠 팀이 이름을 널리 알린 기억이 없던 지역이 위세를 자랑하고 크게 기운을 떨치며 결속을 보이고 있다 한다. 우리 동네에 우리 팀이 있다는 행복. 나처럼 천지를 분간하기 시작하던 무렵부터 그 지방에 프로야구팀이 존재했던 사람은 무심결에 무감각해지고 말지만.

지역과 민심에는 가장仮装과 야단법석이 반드시 필요한지도 모른다. 제 분수를 깨달으며 수수한 일상을 내내 살아가는 것은 괴롭다. 원래는 지역마다 뿌리내렸던 '축제'의 장에서 생활인들은 한 해에 몇 번쯤 야단법석을 떨 기회를 얻어 화장을 하거나 가면을 쓰고 다른 모습으로 분장해, 춤을 추고 소리를 지르며 가슴 설레는 단결심이나 사랑도 길렀을 터다. 생활이 어두우면 어두울수록 축제는 밝게 빛나겠지. 축구 경기 날이나 핼러윈 밤에 시부야가 엉망진창이 되는 것도 도쿄라는 도시로 여기저기서 모여든 청년들이 마음 편히 참여할 수 있는 축제가 달리 없기 때문이 아닐까.

연고지 팀을 응원하는 것은 축제의 기능을 계승한다. 유니폼을 입고 모두 함께 응원가를 부르는 동안 사람은 자기 긍정감으로 고취된 행복한 사고 정지 상태에 빠질 수 있다. 으쌰 으쌰 소란을 부리다가 스포츠라서 다행이라며 오싹해하기도 한다. 사람은 이와 아주 비슷한 심리 상태에 의해 남을 배제하거나 다른 나라를 침략하도록 유도당하기 때문이다. "스포츠 안 좋아해"라고 단언하는 사람은 그런 것에 대해서도 민감하고 냉정하다는 인상이 강하다.

나는 중학교 시절 농구부에 속해 있었지만 한 번도 주전 선수가 되지 못했다. 도중부터는 벤치에서 시합을 바라보는 상황에 대한 위화감도 사라졌고, 팀이 패배한 뒤 다른 학교끼리 게임할 때 기록원으로서 스코어를 매기는 시간만 고대하게 되었다. 내 처지는 제쳐두고 강호 고등학교의 선수에게 별명을 붙이거나 작은 소리로 야유하며 어느 쪽이 이길지를 백업 선수끼리 소곤소곤 키득키득 점치곤 했던 것이다. "춤추는 바보에 구경하는 바보, 같은 바보라면 춤추는 게 이득이야도쿠시마의 축제인 아와오도리 때 부르는 노래의 가사"라는 말도 있지만, 나는 그런 청춘을 보낸 터라 무엇에 관해서든 구경하는 바보가 되고 말았다. 춤추지 않아서 이제까지 손해도 많이 본 것 같지만 그래도 구경하는 게 좋고, 승리를 갈망하면서도 동시에 투덜투덜 불평을 늘어놓는 운동치 무리들과 힘을 합쳐 살아가는 것 또한 그리 싫지는 않다.

문외한도 아는 NBA 경험자, 서른여섯 살의 다부세 유타

야구에도 _3_번의 기회가 있다는데

선수가 이끄는 도치기가 왕좌를 손에 넣었다. 승리가 결정되어 음악이 멎었을 때 뒤쪽의 가와사키 팬 청년이 "다부세 팀이 첫 해 우승이라니, 너무 드라마 같잖아"라며 약간 기쁜 듯 중얼거리는 소리가 들렸다. 농구를 사랑하는 사람들에게는 목 빠지게 기다리던 밝은 첫해였겠지. 김이 피어오를 정도로 따끈따끈한 B리그. 앞으로 얼마나 담장이 낮아질지 기대된다.

우리들의 청춘

관중석에서 "와타나베, 웃어!" 새된 목소리가 날아든다. 듬성 듬성한 천연 잔디 그라운드로 달려나가는 아이 중 누가 대체 '와타나베'일까. 바다의 날바다의 은혜에 감사하는 일본의 경축일로 7월 셋째 주 월요일 하치오지 시민구장. 관악대의 〈위 윌 록 유We Will Rock You〉 도 〈파라다이스 은하〉도 일사불란한 치어리딩도 분명 오늘이 마지막이다. 땀. 태양. 금속 방망이. 애달파서 좋구나. 청춘은, 끝이 있기에 청춘이다.

그러나 나의 청춘에 "와타나베, 웃어!"라고 관중석에서 외치는 페이지는 없었다. 여고로 진학해버렸기 때문이다. 함께 간 A코 씨는 "지구地區 예선에 온 건 25년 만이네요. 한 학년 위에 프로 구단에 들어간 사람이 있어서요. 그 시절에는 분위기가 뜨거웠죠"라며 미소 지었다. 반 친구 응원에 여념 없는 여고생

야구에도 3번의 기회가 있다는데

의 다갈색 뺨을 바라보고 있자니 무언가 돌이킬 수 없는 것을 잃어버린 듯한 기분이 들었다. 어른이 되고 나면 돈을 벌어도, 명성을 얻어도 이성 동급생만은 구할 수 없답니다. 착한 아이 여러분, 진학 선택은 신중하게! 추억의 수분량이 달라집니다.

웃어, 라는 말이 슬로건인지 오늘날의 고교 야구 소년은 잘 웃게 되었다. 위기에 빠지면 포수가 웃으며 마운드로 달려가 연타를 얻어맞은 투수와 즐거운 듯 담소를 나눈다. 일어나고 있는 사태와 그들의 태도 사이의 부조화에 처음에는 깜짝 놀랐지만, 아무래도 요즘은 '위기일 때야말로 웃으면서 위를 보자'라는 방침이 있는 모양이다. 이를 악물며 괴롭고 고통스러운 마음으로 도전하는 것보다 입꼬리를 올리고 즐거운 마음으로 임하는 편이 심박 수도 떨어지고 긴장이 완화되어 문제 해결 능력이 향상된다는 과학적 근거가 있다든지. 연령적으로는 가장 감정 컨트롤이 어려울 나이대의 남자아이가 엄청난 긴장 상태로 입꼬리를 생긋 들어 올리려면 또 다른 단련도 필요하겠지. 무사 만루, 한 방이면 역전될 극한 상황에서 활짝 웃고 있는 투수를 보면 '화도 안 나나?' 싶어 다른 의미로도 걱정이 되고, 아이의 밝은 성격을 그냥 놔두기보다 감정 상태까지 일괄적으로 훈련 대상으로 삼는 면은 자못 일본 고교 야구스럽지만, 어쨌거나 이기기 위한 이론에는 시류가 있다. 흰 이를 보이지 마, 연습 중에 물 마시지 마, 하던 시대는 끝났다. 훈련장의 수도꼭지가 철사로 둘둘 말려 있어 몰래 화장실 물을 마셨다는 구와다 마스미 씨와, 기숙사 생활이 괴로워 "어떻게 하면 선배에게 혼나지 않을지만 생각했다"라고 고백했던 기요하라 가즈히로 씨의 PL가쿠엔 황금기로부터 어느새 30년이 지났다.구와다와 기요하라는 오사카의 PL가쿠엔고등학교에서 'KK 콤비'로 불리며 에이스와 4번 타자로서 팀의 전성기를 이끌었던 선수다.

어른의 세계에도 요즘 들어 갑자기 "일 너무 많이 하지 마" "야근하지 마" "가족이랑 시간을 보내"라는 말이 들리기 시작해서 갈팡질팡하는 사람이 많다.

"정말로 일 마무리하고 있어?"

"그럴 리 없잖아요. 보여주기예요, 보여주기."

그렇게 말하며 회사의 새 규정을 슬쩍 어기고 이제까지처럼 일을 계속하는 장년층도 자주 본다. 물은 마시지 말라고 훈련받은 아저씨나 아줌마는 갑자기 수도꼭지의 철사를 느슨하게 풀어줘봤자 어떻게 입을 대야 하는지도 모른다. 이 나라의 번영은 '불건전한 노동 방식'이 낳은 산물이다. 서구인이 혀를 내두르며 기막혀 할 만큼 피학적으로 열심히 일한 끝에 얻은 성과가, 좁은 국토와 빈곤한 자원으로는 상상할 수 없을 정도의 고품질 생산물이었다. '근면함'이라는 유일한 장점을 빼앗겨도 우리가 매력적이려면…… 음, 어디 보자…… 역시 '웃는 얼굴'일까요?

불건전한 노동 방식의 대표 격이라고도 할 수 있는 영화계에서는 일찍이 이동하는 차 안에서도 소곤거리는 사람이 없었다. 마음의 흐트러짐은 필름의 흐트러짐. 여성 메이크업 아티스트 가운데는 "현장이 해이해지니까 남자랑 말하면 안 된다는 소리를 들으며 컸지"라는 사람도 있다(전쟁 때 이야기가 아니다). 술자리에서도 대부분은 작품 이야기, 설교, 영화론. 외골수라고 해야 할까, 여유가 없다고 해야 할까. 답답하고 무서웠지만 그래도 몸에 배는 것은 있었다. 잔소리꾼 구세대가 현장을 떠나고, 세상도 떠나고, 필름 촬영에서 디지털 촬영으로의 이행도 맞물리며 긴장감은 예전보다 덜하게 되었고 현장의 공기도 부드러워졌다. 무엇이든 한 방에 목숨을 걸면서 보이지 않는 것을 꿰뚫어 보고 들리지 않는 것을 들을 수 있었던 장인들의 신통력은 질이 떨어졌지만, 누구나 용쓰지 않고 실패를 두려워하지 않으며 도전할 수 있는 현장이 된 것 같기도 하다. 어느 쪽을 풍성한 현장이라고 해야 하나. 그것은 추억이 된 뒤가 아니면 알 수 없다.

　그나저나 이겨서 다음 라운드로 나아가는 고등학생의 기뻐하는 모습, 지고 떠나는 고등학생의 슬퍼하는 모습이라니. 아아, 그대들은 그렇게도 야구가 하고 싶구나. 눈부시기도 하다. 일단 그것으로 밥을 먹고살아갈 결심을 한 인간에게서는 반드시 사라지는 반짝임이다. 이시카와세이료고교의 마쓰이 히데키도, 요코하마고교의 마쓰자카 다이스케도, 와세다실업고교의 사이토 유키도, 고마다이도마코마이고교의 다나카 마사히로도, 오사카도인고교의 나카타 쇼도, 하나마키히가시고교의 기쿠치 유세이도 예전에는 모두 같은 반짝임을 내뿜었다 모두 고등학교 졸업 후 일본이나 미국 혹은 양쪽의 프로 리그에서 활약했거나 현재까지 활약 중인 선수들. 지방 대회의 그라운드를 달리는 소년들 대부분은 앞으로 인생에서 야구와 뒤섞일 일이 없다. 그 사실을 알고 있기에 더더욱 밝고 눈부신 걸까. 매미가 그렇게 큰 소리로 울 수 있는 이유는 여름 한철의 생이기 때문이다. 자, 청춘을 제대로 끝내라.

카프 우승
안달복달 일기

"작년 9월 10일 밤 10시가 지난 시각. 에어컨 공기로 썰렁한 도쿄돔 호텔의 화장실에 들어간 나는 긴장했던 마음을 단숨에 풀어놓으며 '이야기는 끝났다'는 말을 뇌 깊숙한 곳으로부터 들은 듯한 기분이었다. 구로다 투수와 아라이 선수라는 돌아온 전설의 콤비가 마운드에서 얼싸안은 모습을 본 직후의 일이다. 히로시마 도요 카프는 2위 거인요미우리 자이언츠의 약칭을 직접 무릎 꿇리며 25년 만에 정점에 섰다. 행복의 절정이었다. 그러나 곧바로 이런 생각이 머리를 스쳤다. '앞으로 무슨 일이 있어도 오늘만큼 행복하지 않은 것은 아닐까?' 슬프다. 인간의 욕심은, 슬프다."

내가 이런 서두를 썼던 것은 신기하게도 작년의 그날로부터 1년 뒤인 9월 10일이었다. 무거운 문체지만 그다음에는 올해 우승까지의 길을 감동적으로 써내려가서 만회하고 싶었다. 하지만 아무리 해도 펜이 움직이지 않는다. 왜냐하면 그 시점에 카프의 매직 넘버는 5. 아직 우승하지도 않았는데 우승을 전제로 한 원고를 쓰는 데 나는 익숙하지 않다.

구로다 투수의 은퇴를 계기로 확실히 큰 이야기는 사라진 듯 보였다. 하지만 우리가 옛날부터 알아온, 수수하고 작은 몸집에 다소 옹졸하며 중요한 순간에 반드시 헛발질을 하는 애잔한 아버지 같았던 카프는 새 시즌이 시작될 무렵 완전히 변해 있었다. 놀랄 만한 공격력과 승부 근성, 성공 경험과 연습량으로 뒷받침된 자신감이 넘쳐흘러서 선제공격도 훌륭했고 마지막 이닝까지 꿈쩍하지 않는 담력 역시 갖추고 있었다. 전국의 팬들도 붉은불개미처럼 증식을 거듭해서 도쿄돔이나 고시엔구장까지 절반이 붉게 물들었고, 야쿠르트전이 열리는 진구구장 주변은 빨간 사람들로 넘쳐났다. 더 이상 그늘 속 존재가 아니다. '전설'이나 '신'을 데려오지 않더라도 이기는 게 당연하고 선두에 있는 게 마땅한 팀이 되어가고 있다. 우리의 카프가! 자랑스러움과 함께 등이 굽은 괴팍한 아버지가 번데기를 벗자 날개 돋은 미청년이 된 듯한 이상한 느낌이 들었다.

편집부가 "올해도 카프 특집을 꾸리기로 했어요"라며 원고 청탁을 한 것은 8월 3일. 2위와 10게임 차로 구단 역사상 가장 빠른 매직 넘버 점등이 코앞이라고들 했다. "아이고 마음이 급

138　　　　　　　　　　야구에도 3번의 기회가 있다는데

하시네요, 〈넘버〉 씨" "괜찮아요. 카프의 강인함은 진짜니까요" "지인짜아?" 이런 부추김에 넘어가 무심코 받아들였더니 그 뒤로 악몽 같은 8월이 기다리고 있었다.

"호조가 계속되면 반드시 상태가 나빠진다"라고 기누가사 사치오 씨도 썼다. 활약하는 사람일수록 스트레스가 끊이지 않아 지치는 것이다. 주축 선수가 몇 명이나 일본 프로야구 개막 전 WBC에 동원되고 올스타전에 불려갔다. 쉴 새 없이 그 모습을 볼 수 있었던 행복의 대가는 어김없이 찾아왔다. 여름의 전국 고교 야구 선수권 대회, 히로시마고료고교의 나카무라 쇼세이 선수2017년 전국 고교 야구 선수권 대회에서 1985년부터 기요하라 가즈히로가 보유하고 있던 한 대회 최다 홈런 및 안타, 타점 기록을 갱신하며 돌풍을 일으킨 선수. 2017년 드래프트 1순위로 히로시마 도요 카프 입단의 활약에 들끓었던 히로시마 거리는 결승에서 사이타마의 하나사키토쿠하루고교에 참패를 당해 단번에 냉기가 내려앉았다. 그날 밤 4번 타자 스즈키 세이야 선수는 왼다리가 골절되어 주전에서 완전히 빠졌고 다음 날 열광의 요코하마스타디움에서 사흘 연속 끝내기 패배를 당했다. 아름다웠던 청년의 뺨에 슬며시 드러나는 아버지의 모습. 8월 말 도쿄돔이냐 9월 초 진구구장에서의 헹가레냐 기대하며 7월에 산 티켓을 물끄러미 바라봤다. 뭘 들떴던 거야. 그때의 나 자신에게 박치기를 해주고 싶다. 그달 말에는 근성이 더해진 한신에게 5.5게임 차까지 추격당했다. 모두가 장례식 날 밤 같은 얼굴이었다. 5.5게임 차도 있을 법한 일이지만 오래된 팬에게 들러붙은 공포심은 억만금을 장롱에 모아두고도 여전히 불안해하는 노인과도 같다.

홀로 남은 야밤의 사무실, 라디오에서 상대 팀 방망이의 경쾌한 소리가 울려 퍼진다. 아아, 또 불펜^{야구에서 시합 중에 구원투}

_{수가 경기에 나가기 전 몸을 푸는 곳으로 구원투수 자체를 일컫기도 한다}이 무너졌다. 음량을 최소로 줄이고 손도 대지 않고 있던 일로 돌아간다. …… 괴롭다. 작년보다 훨씬 괴롭다. 뭐가 좋아서 이런 느낌을 맛보고 있는 걸까. 야구 같은 건 1년에 한 번도 안 보는 동료들은 귀갓길에 올라 건전한 밤을 보내고 있는데. 누군가를 무턱대고 응원함으로써 자신이 이루지 못한 꿈이나 인생의 놓친 부분을 보충이라도 하려는 걸까. 이런 생각을 하던 참에 선발 명단에 없던 선수의 이름을 아나운서가 부른다. 누구 누구 누구? 뭔데 뭔데 뭔데? 음량을 키운다. ……지잉 지잉 지잉. 옆에 있던 스마트폰이 울리기 시작하더니 히로시마 구장에 있는 누군가로부터, 다른 지역으로 이사 간 누군가로부터, 해외 출장 중인 누군가로부터, 도쿄 어딘가에서 역시 일에 매달려 있는 누군가로부터 "좋았어" "이제 됐다" 같은 소식이 날아든다. 다들 저마다의 생활 속에서 숨죽이며 같은 순간을 지켜보고 있었다. 누군가를 응원하며 우리는 또 다른 누군가와 연결된다. 카프가 없었다면 벌써 끊어졌을 인연도 있다.

그리고 다시 조용한 밤이 돌아왔다. 하얀 원고지는 아직 그대로다. 카프를 따라 내 인생도 승리하는 건 아니다. 볼넷을

연발하는 투수에게 내뱉었던 말을 그대로 나에게 던진다. "너이 자식, 대체 뭐 하는 거야!"

9월 들어 카프는 상태를 회복했다. 재점등된 매직 넘버가 차근차근 줄어드는 것을 이번에야말로 찬찬히 맛보려 했더니 눈 깜짝할 사이에 줄어든다. 길가에는 매미의 사체. 밤 경기 중계와 벌레 소리. 아아 여름이여, 끝나지 말아다오.

9월 11일(월). 쓸 수가 없다. 결국 편집부에 마감 연장을 눈물로 호소한다. "한신이 안 져주잖아요!" 남 탓. 무시무시한 가네모토 타이거스^{2016년부터 2018년까지 가네모토 도모아키 감독이 이끈 한신 타이거스를 저자가 일컫는 말}가 요코하마에 이틀 연속 끝내기 승리를 거둔 다음 날이었다. 편집부 사람들 역시 같은 조건으로 우승 특집호의 지면을 열심히 준비하고 있다는 것 또한 머리 한구석으로는 알면서도, 이럴 때만 아마추어 티를 내려고 하는 나에게 그래도 친절한 편집부. "괜찮아요. 분명 주말까지는 결판이 날 테니까요."

하지만 나는 여전히 초조했다. 어떻게 해서든지 주초까지는 결판이 나야 하는 몹시 개인적인 사정이 있었던 것이다. 주말 연휴에 고향인 히로시마에서 어머니가 몇 년 만에 상경하여 가족끼리 군마현 다니가와다케의 온천에 가기로 한 약속을 떠올리고 말았다. 가족들은 당연히 카프의 우승을 신경 쓰고 있다. 그러나 도쿄에서 자란 네 살배기 조카는 몇 번이고 마쓰다 스타디움에 데려가도 '하마 광장'에서 놀던 것만 기억한다. 다니가와다케에서 시합 중계 앱이 켜질까……. "여행은 때려치우고 카프나 보지 않을래요?"제안하고픈 마음을 억누른 채 임한 홈 3연전. 여기서 결판 내, 결판을 내줘!

9월 12일(화). 태풍 18호가 갑자기 방향을 틀어 열도로 접근하고 있어서 주말 시합은 취소될 거라는 소문. 까다로운 상대 요코하마에 1대 3으로 패배. 그래도 한신이 거인과 무승부여서 매직 넘버는 4로 줄었다. 가라! 목요일 결판!

9월 13일(수). 히로시마 승, 한신 패. 매직 넘버 2. 됐다! 부탁해! 내일 결정!

9월 14일(목). 이 순간을 놓칠쏘냐 카프 팬들이 모이는 도쿄 시내의 술집으로. 카프는 역전승을 거두어 마침내 일어섰다. 텔레비전 모니터는 한신전으로 바뀌었다. 하지만 한신 대 거인은 동점으로 연장전. 결국 거인이 이겨줘서 끝날까 했더니 호랑이의 자존심은 자멸을 허락하지 않았다. 12회까지 싸우고 무승부로 종료. 매직 넘버 1! 보류 한 번!

9월 16일(토). 태풍보다 어머니가 먼저 오다. 꿈에서도 그린 홈 우승을 위해 태풍을 멈춰 세운 마쓰다스타디움은 시합 강행. 카프 팬 술집에서 고등학교 동창과 엄마를 억지로 합석시켜 함께 관전. 선취점을 따내 승리 분위기 속에 히로시마 시내에는 옅은 햇살도 비치기 시작했고 큰길은 보행자천국 준비 완료, 승리 축하 파티 맥주까지 만반의 준비를 갖춘 가운데 설마 했던 역전패. 아버지이! 보류 두 번!

9월 17일(일). 주고쿠 지방일본 혼슈의 서부 지방으로 히로시마현이 포함 되어 있다에 태풍 직격. 홈 우승은 깨끗이 물 건너갔다. 운도 없지! 보류 세 번!

결국 나는 그대로 여행을 떠나게 되었다. 1년 동안 함께 싸우며 고생해온 기분이었는데, 속을 태우고 또 태운 끝에 18일 한신과의 우승 다툼을 군마 사파리파크에서 조카가 사자의 입 안에 쇠젓가락으로 고기 조각을 밀어 넣는 모습을 보면서 라디오로 듣는 처지가 되고 말았다. 태양이 산 뒤로 숨기 시작한 간에쓰도로의 차 안에서 바티스타 선수가 결승타를 때리고 나카자키 투수가 마지막 타자를 아웃시켜, 부상당한 스즈키 선수도 투병 중이던 아카마쓰 선수도 헹가래를 함께했다는 소식을 듣고 눈물을 흘리기는커녕 정신없이 잠든 조카 옆에서 소리 죽여 "와아……" 하고 속삭이는 것이 최선이었다. 하지만 이것이 누구의 것도 아닌 나의 인생이겠지. 꼬투리 잡을 부분이 많을수록 사랑도 추억도 남지 않겠는가.

히로시마 도요 카프 여러분, 미안합니다. 부디 다시 한번 헹가래를 제대로 보여주세요. 이번에야말로 놓치지 않겠어요. 가라, 카프! 앞으로도 일기는 끝나지 않아!

태양의
중심 온도

몇 년 전 이야기지만 마쓰 다카코 씨에게 "배우 말고 다른 일을 한다면 뭘 해보고 싶어요?" 물었더니 "프로테니스 선수요"라고 즉답해왔다. 마쓰 씨 테니스 쳐요? 했더니 딱히, 란다. 그럼 테니스 팬인가 봐요, 되물었더니 그런 것도 아니라 한다. 그렇다면 어째서? "그 사람들은 처음부터 끝까지 내내 코트에서 혼자잖아요. 라켓도 갈아입을 옷도 전부 직접 짊어지고 와서 손수 정리하고 돌아가죠. 그게 씩씩해 보여서요"라고 동그란 눈을 반짝이며 마쓰 씨는 이야기해줬다. 어느 현장을 가든 내비게이션을 보며 스스로 차를 몰고, 시간을 꼭 지켜서 들어와 대사도 동작도 무엇 하나 허술함 없이 해내며, 출연 순서가 끝나면 순식간에 옷을 갈아입고 모습을 감추는 마쓰 씨답다고 생각한 기억이 있다.

야구에도 _3번의 기회가 있다는데

요전에 두 번째 은퇴를 한 다테 기미코 선수는 20대 때는 원정 경기마다 여덟 개씩 들고 다녔던 라켓을 마지막에는 네 개로 줄였다고 한다. "라켓 케이스가 꽤 무거워서 그걸 들고 이동하면 어깨가 결리거든요."

테니스 담당 편집자분께 물어봤더니 중견 이하의 여성 투어 프로 대부분은 스태프 없이 평균 여섯 개 정도의 라켓을 옷이나 신발과 함께 전용 가방에 넣어서 들고 다닌다고 한다. 거트_{라켓의 줄}의 텐션이 섬세한 데다 난폭하게 다뤄질 우려도 있어서 비행기로 이동할 경우 되도록 선수가 직접 기내에 들고 간다고. 게다가 컨디션 유지를 위한 생필품은 일반 여행자보다 더 많을 것이다. 그랜드슬램_{테니스에서 네 개의 큰 대회인 호주 오픈, 프랑스 오픈, 윔블던, US 오픈을 일컫는 말} 같은 큰 대회라면 계약한 스폰서가 대량으로 용품을 가져와주기도 하지만, 다테 씨가 은퇴했다 다시 돌아온 제2기의 마지막 무렵에는 그런 대회에 출전하는 경우도 줄어들어 코치나 어시스턴트를 대동할 때도 용품은 직접 들었다고 한다.

하지만 나는 그 다테 기미코가 코트 밖에서도 어깨가 결릴 듯한 무게의 짐을 짊어지고 이 나라 저 나라를 돌아다녔다는 사실에 조금 놀랐다. 열아홉 살인 오사카 나오미_{1997년생 프로테니스 선수} 선수라면 빵빵하게 부푼 가방을 짊어지고 히치하이킹이라도 하면서 여행하는 장면을 상상해도 흐뭇하다. 하지만 운동량이 극도로 가혹한 테니스라는 경기를 마흔일곱 직전까지 계속하며 이치로 씨와 더불어 '살아 있는 전설'로 변한 그 다테가, 말이다.

"왜 하는 거예요?" "진심이에요?" "괜찮으세요?" 상찬과 경의에 물음표가 뒤섞인 바람을 늘 맞으면서, 그럼에도 호쾌한 미소로 달려나간 서른일곱 살부터의 세컨드 커리어. 열아홉 살 시절과 같은 무게의 짐을 짊어졌지만, "이대로라면 노후는 휠체어에 앉아서 보내게 돼요"라고 의사에게 경고받은 만신창이의 몸으로 본 풍경은 아주 달랐을 터다. 하지만 같은 선수라면 초등학생이라도 하는 일—가령 도구를 소중히 여기는 것. 기초 연습을 반복하는 것. 몸뚱이 하나로 경기장에 서는 것—을 계속해온 사람에게는 생물로서의 거짓 없는 체간體幹이 있다. 커리어가 쌓이거나 유명해진다고 해서 편해지는 것은 아니다. 무릎이 망가질 듯해도 한 걸음 더 들어갈지 말지를 판단하는 것은 본인뿐이며, 더블폴트테니스에서 주어진 서브 두 번을 모두 실패하는 것를 연발한들 서브를 대신해줄 사람도 없다. 누가 준비했는지 모르는 옷을 입고, 누가 준비했는지 모르는 원고를 읽고, 누가 주입했는지 모르는 생각을 제 것인 양 가장하며 의외로 단물을 빨아먹을 수 있는 일도 허다하지만, 그런 정치나 돈벌이의 거짓 놀음에 매번 홀렁홀렁 속아 넘어가는 우리는 이들 운동선수가 설령 시합이나 부상이나 세월에 지더라도 그 패배 자체의 거짓 없음에 감동하고 만다. 적어도 나 역시 거짓 없는 싸움을 하고 싶다며 동경한다.

개인적인 견해일 뿐이지만 컴백하고 얼마 지나지 않았을 때의 다테 기미코 씨는 연애나 결혼, 가정을 만드는 것 같은 평범한 인생에서 평범하게 체험하는 몇 가지 라이프 이벤트를 납득할 때까지 겪은 뒤, 남은 힘으로 테니스를 즐기러 돌아온 것처럼 보였다. 시합 뒤의 인터뷰에서도 해설자 같은 객관성과 여유를 느꼈다. 자신의 부족함조차 자애롭게 여겨서, 그 모습을 보며 '테니스를 순수하게 사랑하고 음미하고 있구나' 싶어 부럽기도 했다. 나는 내 일을 그런 식으로 느낄 여유가 있었던 적이 없기 때문이다. 그런데 언제부터인지 다테 씨의 표정에는 엄숙함이 더해지기 시작했다. 해가 갈수록 삐걱거리는 몸으로 달리는 사이, 타고난 업業에 불이 붙은 걸까. 여전히 카메라 앞에서는 보조개를 만들며 태양처럼 웃어 보였지만 태양의 중심 온도는 1500만 도. 강한 빛을 발하며 웃는 사람은 마찬가지의 열량으로 화를 내고 분해하기도 한다. 뜻대로 되지 않는 일을 체념하지 못한다. 분한 마음을 달래지 못한다. 엄청난 에너지다. 사람은 나이와 함께 '둥글어진다'고 하지만, 그게 아니라 대부분은 그저 각을 세우는 게 피곤해질 뿐이다.

　스물여섯 살. 세계 랭킹 8위면서 산뜻하게 물러났던 제1기의 마무리와는 매우 달랐다. 무릎 수술을 감행하고 괴로운 재활 훈련을 거치며 "왜 그렇게까지"라는 목소리도 거듭 들려왔다. 그러나 이제 이유조차 모르면서 어쩐지 매달리게 돼, 이것밖에 없어, 하며 이를 갈듯 테니스에 대한 집착과 분함이 배어난 끝에 맺어진 결말이라는 점이 감동적이었다. 첫 번째 은퇴 때보다 훨씬 아름답게 보였다. 스스로, 제대로 살고 있는 사람을 우리는 봤다.

인연이란
묘한 것

네 살배기 조카는 까불기 시작하면 멈추지 않는다. 저출산 시대의 만혼 부부에게 생긴 외동아들에게 이 세상은 자기 천하. 정말이지 행복한 얼굴로 아우성치고 까불거리고 우쭐댄다. 알겠어. 알겠으니까 이제 그만 하자, 위험하니까. 거긴 위험하다고 했지. 그만해. 그만둬. 그만두랬잖아. 미끌. 꽈당. 으아아아앙! "거봐아."

나의 올해를 보는 듯하다. 카프 연승. 좋아, 좋아, 히로시마! 하고 들떠서 떠들어대다가 마지막에는 꽈당 넘어지며 끝나버렸다.카프는 정규 시즌에서 우승을 거머쥐었지만 클라이맥스시리즈에서 요코하마 DeNA 베이스타스(약칭 DeNA)에 4연패하여 일본시리즈 진출이 무산됐다. 뭐가 '카프의 시대'냐. 단기 결전에 유연하게 적응한 소프트뱅크 대 DeNA의 산뜻한 두뇌전, 실탄전이 펼쳐지는 일본시리즈를 담장 밖에서 바라본 뒤 원숭이처럼 신나 하던 스스로가 한심해서 울고 싶어졌다.

센트럴리그 2연패의 주역인 이시이 다쿠로, 가와다 유스케 두 코치의 퇴진 발표에 평정심을 잃은 나는 악덕 암표상에게 클라이맥스시리즈 내야 자유석 티켓을 정가의 세 배 가격에 사들여서 히로시마로 향했다. 연일 아침부터 마쓰다스타디움 옆에 늘어선 긴 대열에 합류하여 땅바닥에 주저앉아 영화 각본을 쓰면서 문이 열리기를 기다리는데, 평일의 면면을 보면 노년층과 어린이가 많다. 가랑비가 내리는 날에도 따스한 날에도 할아버님들은 선발투수의 상태나 2군 정보를 공유하며 마른 오징어에 맥주를 따고, 아이들과 어머니는 선수 응원가를 흥얼거리며 집에서 싸온 도시락을 입 안 가득 넣는다.

홀로 나들이 분위기도 없이 찌푸린 얼굴로 노트북에 문장을 썼다 지웠다를 반복하는 내 옆에, 절대로 앉지 않으려 하는 70대가량의 부인이 있었다. 왠지 바로 위에서 밀착 감시당하는 듯해 두근두근했지만 대화를 엿들어보니 무릎이 아파서 땅에 못 앉는 모양이었다. 예비로 가져온 접이식 의자를 권하자 매우 기뻐하며 "이런 데서도 일을? 대단하시네요"라고 칭찬해줬다. 정말로 대단하다면 이런 데서 일을 안 하겠지만……. 그나저나 제2차 세계대전 때 태어난 여성이 아픈 무릎으로 장시간 줄을 서서라도 보고 싶어 하는 스포츠가 있는 고장. 역시 특이하다.

고향 친구의 말에 따르면 요즘 날마다 자유석 줄을 서는 정년퇴직자 남성과 젊은 여성 팬 사이에 기묘한 관계가 생겼다고 한다. 한창 일할 나이의 여성 팬이 저녁 무렵 회사에서 그들에게 메시지를 보내면 "자리 확보했어!" 하고 즉답. 그녀들은 통통 튀는 스티커로 감사의 뜻을 전하고, 퇴근 후 느긋하게 구장으로 향해 관중석에 도착하면 "꺄아 ○○ 씨, 엄청 좋은 자리네요" 하는 새된 목소리와 함께 '친구'끼리의 재회를 하이 파이브로 기뻐한다고 한다. 구장에서는 남의 자리를 맡아주는 행위를 엄격하게 금지하지만, 비가 오나 눈이 오나 계속 줄을 서는 노년 남성진의 얼굴은 사명감으로 불타올라 번들번들 빛난다나. 이런 활기 없는 시대에 이 얼마나 밝은 자가발전인지…….

백화점이나 옷가게 점원은 점잔 뺀 얼굴로 빨간 유니폼을 입고 있고, 패배한 날 밤 택시에 올라타면 문을 닫자마자 "엉망진창이었죠" "눈 뜨고 볼 수가 없어요!"라는 대화가 운전사와 손님 사이에서 시작되는 동네. 어머니가 다니는 정형외과에서도 20대 접골사와 80대 환자가 불펜 투수 기용책에 대해 끝없이 열띤 토론을 벌인다고 한다.

강고한 시민 감정은 히로시마라는 고장의 전후 역사와도 깊은 관련이 있지만, '한 덩어리'라든가 '한 색깔'이라는 풍조는 기이한 것이라서 실제로는 세간의 찬양을 받을 정도로 현県민 모두가 언제나 뜨겁고 따스하게 카프를 지지해온 것은 아니다. 침체기 때는 나 역시 쌀쌀맞게 외면했고 경기 후반이면 구장에는 파리가 날렸다. 하지만 요즘 구단과 팀의 엄청난 건투로 세대를 뛰어넘은 대화가 늘어나고 사라져가던 지연이 회복된 것은 틀림없는 사실이다.

도쿄에서 내내 혼자 살아온 나에게는 여전히 지연이라는 게 없다. 요전에 업계 후배에게 큰 병이 발견되었는데 나한테는 병원 정보가 없었다. 그럴 때 지연이 있다면 "○○의 아버지도 같은 병으로 □□ 선생님한테 진료받았어" "친척이 ×× 병원에서 일하니까 물어볼게" "△△ 병원만은 가지 마" 하고 자기 경험치를 뛰어넘은 생생한 평판이 줄줄 나오는 경우도 있다. 인터넷과는 달리 정보의 주체가 눈에 보이므로 믿을지 말지 판단하기도 쉽다. 내 주위에는 20대부터 40대까지의 지방 출신자가 대부분이지만 그들 가족과의 교류는 없다. 휴대전화 주소록에는 도쿄에 사는 사람의 이름이 잔뜩 저장되어 있는데도 이럴 때 전화를 걸 만한 상대가 거의 떠오르지 않았다. 일 문제를 해결해줄 좁은 세대 사이에서의 관계에는 부족함이 없지만 '인생 문제'를 마음 편히 이야기할 수 있는 세로축의 관계는 부족하다.

메마른 기분으로 동장군이 찾아온 거리로 나가려 했더니 맨션 복도에서 예쁜 보라색 코트를 입은 중년 여성이 말을 걸어왔다. "저기, 이거 돈이죠? 방금 주웠는데." ……앗! 그건 내가 어제 유럽 출장에서 돌아오며 겉옷 주머니에 처박아둔 20유로일 수도……. 수상해 보일까 생각한 찰나 "어머, 다행이네요. 그나저나 왠지 서양 지폐는…… 장난감 같아요"라며 웃어주셔

야구에도 *3*번의 기회가 있다는데

서 그대로 둘이 어깨를 나란히 하고 역까지 걸어갔다. 최근 바꾼 관리인 이야기나 쓰레기 배출에 관한 것 등 다른 곳에서는 꺼낼 수 없는 화제로 신기하게 말이 끊이지 않았다. 내년에는 또 새로운 인연도 키워나갈 수 있을까.

괴물은 죽지 않아

사랑과 폭력

연초에 호시노 센이치 씨가 돌아가셨다.

요미우리 자이언츠를 원수로 여겨 으르렁댔다는 현역 시절의 기억은 내게 없고, 처음으로 그를 인식한 것은 초등학생 시절 본 NHK 〈선데이 스포츠 스페셜〉의 진행자로서였다. 야구뿐만 아니라 다양한 경기의 VTR에 입꼬리가 올라가는 그 웃는 얼굴은 따스하면서도 약간 섹시해서 남몰래 일요일 밤을 고대했다.

그래서 그 몇 년 뒤, 화를 주체하지 못해 벤치를 걷어차고 선수를 쿡쿡 찌르고 고함을 질러대며 난투에 돌입하는 감독의 모습을 봤을 때는 놀랐다. NHK 스튜디오의 분별력 있어 보이던 아저씨는 어디로 갔는지. 사람에게는 다양한 얼굴이 있다는 것을 깨달았다.

그러나 시대는 쇼와일본의 연호로 1926년부터 1989년까지를 이른다의 분위기에 젖어 있었다. 거인의 에이스를 꿈꾸는 소년이 밥상을 뒤집어엎는 아버지에게 기합을 받는 일도 세상은 용인했고1960년대 후반의 만화 『거인의 별』 이야기. 만화영화로도 방영되어 큰 인기를 끌었다, 내가 인연도 없는 주니치 드래건스에 가장 마음을 빼앗겨 흥분했던 때역시 호시노 감독 시대였다. 선수도 끓는 물처럼 감독에게 감화되어 물불 안 가리는 병사 같았다. '신사가 되어라요미우리 자이언츠의 창립자이자 초대 오너인 쇼리키 마쓰타로가 남긴 말로 정확히는 '거인군은 늘 신사가 되어라.' 이에 따라 요미우리의 선수에게는 텔레비전 출연이나 이동 시 정장에 넥타이 차림을 해야 하며 염색과 수염, 장발 등을 금지하는 규율이 있다고 한다'라는 표어에 반항하듯 승패에 투지를 불태우는 모습은 다른 팀의 싸움이 싱겁게보일 정도로 극적인 매력을 내뿜기도 했다. 심판에게 폭언을 퍼부어 몸싸움이 벌어지는 전개에 "와아……" 하고 압도되면서도 어느 틈에 "해버려, 저질러버려!" 하며 나까지 뜨거워졌다. 분명 야구 자체와는 상관없는 폭력의 냄새. 나는 그런 것을 보면서 확실히 흥분하고 있었다.

고함을 지른 뒤에는 반드시 곱절의 상냥한 말이 뒤따랐다는 이야기를 이번에 여러 매체에서 읽었다. 엄하지만 따뜻한 호시노 씨가 미디어 종사자들의 마음도 단단히 사로잡고 있었다는 것을 수많은 추도 기사가 말해준다. 명장으로서의 업적을돌아보는 글뿐만 아니라 시대별 담당 기자들에 의해 그 인품과추억이 보도되고, 몇 번이나 휘두른 '사랑의 무쇠 주먹'에 대해서도 그립다는 듯 쓰여 있었다. "이유가 무엇이든 폭력만은 안 됩니다"라며 스모계의 상해 사건을 이야깃거리 삼아 떠들썩했던 TV 업계에도 그것과 이것을 분리해서 말하는 암묵적인 룰이 있는 모양이었지만 나는 왠지 모르게 혼란했다. 사랑의 매와 폭력, 그 경계를 가리기란 몹시 어렵게 느껴진다.

인간의 마음속에는 육체의 충돌에 대한 정체 모를 욕구가 있다. 힘겨루기를 하고 싶다, 두들겨 패고 싶다, 굴복시키고 싶다. 혹은 두들겨 패서 이기는 모습을 보고 싶다. 굴복시키는 모습을 보고 싶다. 그것을 위해 룰을 만들어 그 틀 안에서 '싸우고' '보면서' 인간의 강한 육체에 감동하고, 맞아도 견디는 굳센 정신에 또 한 번 감동하며 동시에 자기 마음 밑바닥에 깔린 어슴푸레한 욕망의 폭발을 억제하고 있는 것인지도 모른다. '이건 스포츠야. 서로 상처를 입히고 있는 게 아니야. 우리도 서로에게 상처를 내는 모습을 보며 기뻐하고 있는 게 아니야'라고 자신을 세뇌시킨다. 하지만 모든 격투기에서 진 사람의 육체는 손상되고 눈과 입술은 부어오르며 피도 난다. 그 모습을 눈앞에서 보며 "좋았어!" 하고 주먹을 쳐드는 본능이 우리 안에는 존재한다.

나의 본업인 영화는 '픽션'이므로 그 욕망이 더욱 뚜렷이 투영된다. 칼싸움, 서부극, 협객물, 양아치 영화, 히어로물. 동서고금을 막론하고 싸움과 폭력의 대행진이다. 대부분은 '정의(=주인공)가 이긴다'는 법칙을 따르지만 그 정의를 방패로, 사랑을 위해, 주인공은 얄밉고 무도한 패거리를 너덜너덜하게 두드려 팬다! 걷어찬다! 총으로 쏘아댄다! 그리고 그 폭력은 세계를 구한다! 아아, 굉장한 쾌감. 속이 다 후련하네! 이런 건 전부 거짓말이다. 곧이곧대로 믿는 녀석은 바보다. 이야기는 이야기. 그런 '정의'는 있을 리 없답니다. 상대에게 불만이 있다면 법적 조치를 취해야 합니다. 그래서 영화관을 나오면 "이유가 무엇이든 폭력만은 안 됩니다." ……라니, 내가 한 아이의 부모라면 그런 방식을 어떻게 가르칠 것인가.

창작자 입장에서 말하자면 '폭력'이나 '죽음'이라는 장치는 감상자의 정서를 자극하고 단번에 이야기성을 강화시켜주는 만능 조미료 같은 것이다(나도 몇 번이나 써왔다). 동시에 일단 써버리면 다른 것과 비슷한 맛을 내지 않기 위해 곱절을 궁리하느라 끙끙거리는 것이기도 하다. '가짜 세계'라도 치켜든 주먹을 회수하기란 녹록지 않다는 뜻이다.

표면상 완력에 기대는 것을 금지해도 인간은 폭력성으로부터 해방되지 않는다. 그에 대한 반동처럼 다 큰 어른이 온갖 방법으로 남의 생활이나 마음에 너덜너덜한 상처를 낸다. 그것도 많은 경우 자각조차 없이. 폭력은 대체로 '정의'라는 주관主觀과 손을 맞잡고 있으므로.

사랑과 폭력의 경계 역시 지극히 모호하지만 굳이 말하자면 받아들이는 사람이 민감하게 느끼는 것이 폭력, 여간해서는 알아차리지 못하는 것이 애정일까. 그런 면에서도 "애정이 뒷받

침되어 있었다"라고 많은 당사자가 이야기하는 호시노 씨의 커
뮤니케이션 기술에는 실로 엄청난 열량이 필요했음이 틀림없다.
모든 의미에서 이제 그런 감독이 등장할 일은 없을 것이다. 쇼와
의 색이 여전히 짙게 배어 있던 시대가 드디어 끝나려 한다.

그곳에 있는 것

지금으로부터 6년 전. '계속 걷는 것'을 주제로 상품 광고용 쇼트 무비를 찍어보지 않겠냐는 의뢰를 받았다. 모티프는 자유라기에 주제의 의미를 확장해서 보행이 어려워 휠체어를 탄 운동선수 비디오 클립을 만들고 싶다고 제안했다. 그해는 런던패럴림픽이 열리는 해였고 이미 구니에다 신고프로휠체어테니스 선수 등세계적인 선수나 휠체어 농구 등에 대한 인지도도 높아져 있었기 때문이다.

하지만 기업 측 대답은 "장애인의 미묘한 감정을 자극할 가능성을 부정할 수 없다. 또한 장애인을 광고의 얼굴마담으로 이용한다고 받아들여질 리스크는 피하고 싶다"였다. 장애인을 영상에서 다루는 것은 진지한 다큐멘터리나 보도 방송이 대부분이고, 높은 의식으로 마주해야 한다는 까다로운 인상을 바

야구에도 <u>3</u>번의 기회가 있다는데

꾸기에는 광고라는 표현 수단이 가장 담장이 낮으며, 그 일을 당신들 메이저 브랜드가 한다는 게 쿨하지 않습니까? 하고 물고 늘어져봤으나 결국은 없던 일이 되었다. 대기업이 그런 종기 취급을 하니까 장애인을 '이용당하는 무력한 사람'으로 보는 가치관도 사라지지 않는 거잖아, 하며 나는 부루퉁했지만 도쿄올림픽 유치가 결정되자 흐름이 바뀌어서 최근에는 CF에서도 잡지에서도 전철 광고에서도 장애인 운동선수의 모습을 자주 보게 되었다. 6년 전 담당자에게 "거 봐!" 하고 지금이라도 따지고 싶은데, 어쨌거나 일상에서는 접할 기회가 적은 다양한 장애를 가진 사람들이 실로 많은 경기에 도전하고 있다는 정보를 부담 없이 간결하게 알 수 있는 매체는 역시 광고뿐이다. 무심결에 눈길을 멈추고 보게 된다.

1년 중 가장 우울한 이벤트인 소득 신고를 하면서 평창에서 열린 동계 패럴림픽을 본다. 중계에서는 경기 도중에 선수 개개인의 장애가 선천성인지 사고로 인한 것인지도 설명해주는데, 스키나 보드를 타고 시원시원하게 눈 표면을 미끄러져 내려가는 선수들의 레이스에 몰두하다 보면 점점 어디에 장애가 있는지 모르게 되며, 스키도 스케이트도 못 타는 내 눈에는 상당히 자유로운 몸으로도 보인다. 넘어질 때는 깜짝 놀란다. 대체로 비장애인 경기자보다 자주 넘어지고 코스 아웃된다. 선수끼리 닿거나 살짝 튀어나온 지면에 부딪쳐 밸런스가 한번 무너지면 자세를 회복하기 어려워서 그때까지 자유자재로 움직이던

몸은 갑자기 하나의 덩어리처럼 중력이 시키는 대로 저항 없이 데굴데굴 하얀 비탈길에 굴려진다. 넘어진 충격으로 활주 기구가 벗겨지면 자기 힘으로는 움직이지 못해서 구조 대원을 기다려야 하는 경우도 많다. 의족을 착용한 선수가 스키가 벗겨져 눈 바닥을 어색하게 걸어 올라가는 모습을 봤을 때, 그때까지의 우아한 활강에서 분위기가 확 바뀌어 '그냥 걷는 것'조차 얼마나 어려운지를 엿보기도 한다.

그럴 때는 역시 가슴이 찌르르해진다. 비장애인 스포츠를 볼 때는 느끼지 않는 종류의 감정이다. 하지만 또 동시에 육체라는 것, 생명이라는 것, 나아가 운명이라는 것 본래의 연약함을 목격한 듯해 묘한 친근감도 들었다. 살아 있다는 건 원래 이정도로 불안정한 거지, 하며.

나는 평소 세계적인 수준으로 겨루는 장애인에 대해 경외심과 같은 심리적 거리감을 느끼기도 한다. 나와는 비교도 안되는 인생의 우여곡절이 있으며 정신 또한 월등하게 성숙하고 훌륭한 사람들이라는 느낌이 들어서. 이것도 일종의 편견과 무지겠지. 하지만 그들의 본디 실력이나 피나는 노력의 세월도 경기 때의 운이나 불가피한 사고로 인해 물거품으로 돌아가는 장면을 본 순간, 마찬가지로 연약하고 작은 존재로서 그들을 한층 가깝게도 느낀다. 어느 인생이든 그저 넘어지지 않고 1미터 앞으로 나아가는 것이 얼마나 기적의 연속 끝에 있는 일인지를 서서히 실감하기 시작한다. 기록이 좋으면 좋겠지만, 메달을 따면 더욱 좋겠지만, 불운을 피하고 쌓아온 힘을 발휘하며 결승점까지 도착한 일의 존귀함을 천진하게 기뻐하고 싶어진다. 그리고 나도 가능하면 넘어지지 않고 끝까지 나아가고 싶다.

여자 스노보드 크로스 하지장애 종목 결승은 네덜란드 선수끼리의 일대일 승부였는데, 두 사람은 경기 도중 격렬하게 부딪히며 넘어졌고 한 사람은 상대의 보드에 짓밟힌 것처럼도 보였다. 비비안 멘텔 스피 선수는 다시 보드를 타기 시작했지만 앞으로 나아가며 일어서지 못하는 리사 분스호튼 선수를 두 번이나 돌아봤다. 톱 선수로서는 지나치게 인간적인 행동일지도 모르지만, 금메달이 확정된 뒤에도 결승점 앞에서 계속 기다리다가 뺨에서 피를 흘리며 어찌어찌 자기 힘으로 내려온 분스호튼 선수를 꽉 껴안으며 내내 옆에 붙어 있던 장면을 봤을 때는 그들 같은 선수에게는 서로가 '확실히 살아서 그곳에 있는 것'에 대한 한층 섬세한 의식이 있는 것처럼 느껴지기도 했다.

하나 더. 연령층이 폭 넓어서 30, 40대 선수가 많은 점도 재미있다. 연륜 덕분인지 수많은 조력자와의 커뮤니케이션 덕분인지, 인터뷰에서도 빈틈없이 말하는 게 아니라 따뜻한 실감을 풍성하게 이야기하는 사람이 많은 듯하다.

날마다 변해가는 장애인 스포츠와 우리 사이의 거리감. 2년 뒤 도쿄의 혼잡은 벌써부터 우울하지만, 패럴림픽 경기장에는 어떻게든 찾아가서 시합을 보고 싶다.

끝없는 도전

야간 경기가 시작되기 두 시간 전. 아직 밝을 때 구장에 들어가서 그물 너머로 야구 선수를 바라보는 것을 좋아한다. 점점 해가 기울어서 관중석에 그늘이 넓게 퍼지면 웅성거림이나 판매원의 목소리, 악기 소리가 고조된다. 흥분이 가라앉지 않아 맥주를 산다. 안주도 산다. 매점에 줄을 서는 시간조차 아깝다. 얼른 시작되었으면 싶은 것 같기도 하고, 그렇지 않은 것 같기도 하고.

흥분한 나와는 반대로 선수들은 담담하게 연습이나 취재를 소화하고 있다. 평소 텔레비전으로 보면 중계 카메라의 성능 좋은 망원렌즈가 마운드에서 강판당한 직후의 에이스를 화면 가득 클로즈업해서 비춘다. 평정을 가장한 입가의 미세한 떨림까지 놓치지 않는다. 보면서 우리는 차츰 마치 자신이 그만

야구에도 3번의 기회가 있다는데

큼 가까운 거리에 있는 듯한 착각에 빠지고, 그들의 많은 부분을 이해한 것처럼 느끼기도 한다. 하지만 구장에서 직접 선수의 모습을 보면 반대로 너무 멀어서 거리감을 느낀다. 나와는 전혀 다르다. 몸은 놀라울 만큼 탄력 있고 크다. 공이 빠르다. 스윙이 빠르다. 가볍게 던지는 듯해도 공은 살아 있는 물체처럼 저 멀리까지 뻗어간다. 그리고 유니폼은 눈이 번쩍 뜨일 정도로 산뜻하다. 코앞에서 유유히 걸어가는 선수의 이름을 외쳐본다. "기쿠치잇기쿠치 료스케!" ……돌아보지 않는다. 그렇다, 그들은 손 닿지 않는 곳에 있다. 손 닿지 않는 곳에 있어주기에 우리는 계속해서 동경을 품을 수 있다.

그런데도 나는 금기를 범하고 말았다. 작품 속 주인공에게 터무니없는 사람의 이름을 붙인 것이다. 기누가사 사치오. "당신이 카프 팬이라서?"라는 질문을 자주 듣지만, 그것은 둘째 치고 내게는 과제가 있었다. 평범한 인간의 내면에 있는 연약함, 옹졸함, 미숙함을 철저하게 쓰는 것. 연약하기 때문에 타인을 공격하고, 옹졸하기 때문에 남의 눈을 신경 쓴다. 내실 있는 인간관계를 맺지 못하고 실패해도 자양분으로 삼기는커녕 또다시 비뚤어진다. 나 자신과도 닮은 그런 주인공에게 붙였을 때 그가 가장 괴로워할 이름은 무엇일까. 변명하지 않는 남자. 자신에게 몸에 맞는 볼을 던진 상대를 위로하는 남자. 날뛰는 『에나쓰의 21구1979년 일본시리즈 7차전에서 카프의 투수 에나쓰 유타카가 9회 말에 던진 21구에 대해 쓴 논픽션. 이 경기에서 카프는 9회 초까지 긴테쓰 버팔로스(현재는 오릭스 블

루웨이브와 합병하여 오릭스 버팔로스)를 4대 3으로 이기고 있는 상황이었으나 9회 말 긴테쓰 공격에서 무사 만루의 위기에 빠졌고, 이때 1루수였던 기누가사가 마운드의 에나쓰에게 달려가 그를 격려했다. 덕분에 에나쓰는 평정심을 되찾아 나머지 공격을 무사히 막아냈고 카프는 창단 이후 첫 일본시리즈 우승을 거머쥐었다』의 중심인물. 후진들도 태양 같은 미소로 지켜보는 남자. 나는 드라큘라에게 십자가를 들이대듯 '기누가사 사치오衣笠幸夫야구 선수 기누가사 사치오衣笠祥雄와 다른 한자를 쓴다' 라는 이름을 붙인 것이다.

2015년 가을, 만일의 경우를 대비해 기누가사 사치오 씨 본인에게 승낙을 얻기로 했다. 〈넘버〉 편집부의 S 씨가 흔쾌히 중개해주며 내가 쓴 원작 소설도 발송해줬지만 한편으로는 이런 말을 들었다. "실은 작년쯤부터 암 투병을 하고 계셨던 모양이에요. 답신은 컨디션에 달려 있을 것 같네요."

그런 사람도 암에 걸리나. 그런 생각이 안 들었던 것도 아니지만, 나는 그가 쓴 책 속의 문장을 떠올렸다. "남이 아픈 건 나도 아프다" "원래 욕심도 크지 않고 용기도 없는 남자다." 기누가사 씨는 철로 만들어진 사람이 아니다. 그래서 나는 기누가사 씨가 좋았다. 내가 쓴 작은 주인공에게 이 크나큰 이름을 붙이고 싶었다.

그런데 얼마 지나지 않아 S 씨를 통해 답신이 왔다. 정성 어린 감사 인사에 덧붙여 "구로다 투수가 돌아옴으로써 시즌 전에는 '우승'만 보이던 팀이 끝나 보니 4위라서 다소 충격을 받으셨으리라 생각합니다앞서 언급했듯 구로다 히로키는 뉴욕 양키스에 있다가 2015년

야구에도 3번의 기회가 있다는데

카프로 돌아왔다"라며, 2015년 시즌에 관해 나에게도 사려 깊은 메시지를 곁들여주었다. 함께 든 색지에는 "끝없는 도전. 기누가사 사치오" 태어나서 처음 받은 프로야구 선수의 사인. 책상 정면에 붙여뒀다. 작품에 관해서는 언급이 없었다. 분명 책은 못 읽었겠지. 부담을 얹어드리게 되어 가슴이 아팠다.

1년 뒤 카프는 25년 만에 우승했고 영화도 완성됐다. 이 우연에는 그 이름의 위력도 있었을까. 해설 일에도 복귀한 기누가사 씨는 시사회장에 걸음해주었다. 그러나 나는 내심 우울했다. 생각해보면 영화 내용은 야구와는 관계없을뿐더러 영화 속 기누가사 사치오는 불륜 상대와 한창 정사를 나누는 도중에 아내를 사고로 잃는, '어마어마하게'를 붙여야 할 정도로 애잔한 남자다. 기누가사 씨 입장에서 보면 엄청나게 불명예스러운 인용이다. 대체 나는 무슨 일을 저지른 건가.

시사회장에서 나온 기누가사 씨는 반들반들 윤이 나서 병의 기색이 느껴지지 않았다. 더불어 역시나 찬란하게 빛나는 그 미소. 정말로 신의 화신처럼 보였다. 긴장한 나머지 (카프 팬이니 만큼) 잉어처럼 뻐끔뻐끔 헐떡이는 나에게 기누가사 씨는 "왠지 기분이 이상하네요"라며 수줍은 듯 미소 지었다. "그런데 신기했던 건, 주인공 머리를 아내가 잘라주잖아요? 뜨끔했어요. 실은 저도 내내 아내가 잘라줬거든요. 남자는 말이죠, 먼저 세상을 떠나는 건 자기라고 믿고 있어요. 설마 아내가 먼저 가서 남겨지리라고는……. 그래서 그 대목은 좀 무서워 여러 생각이 들더군요." 조심스럽게 말하고는 돌아갔다.

그때 이미 자신의 죽음이나 떠나는 자, 남겨지는 자에 대해서도 홀로 조용히 생각하고 있었다는 것을 나중에서야 깨달았다. 내가 기누가사 씨를 만난 것은 결국 그 한 번뿐이다.

기누가사 씨가 돌아가신 뒤에 사람들이 그에 대해 말하는 것을 라디오 등에서 자주 들었다. 처음에는 모두가 숙연하게 말하지만 곧 말투를 흉내 내며 즐거운 듯 "다정하셨다"는 말을 거듭했다. 왠지 내 일처럼 기뻐서 누군가를 동경할 수 있었다는 행복을 느꼈다. 이제 두 번 다시 작품에서 프로야구 선수의 이름을 빌리지 않을 테지만, 악수했던 그 손의 따뜻하고 부드러운 글러브 같은 감촉은 내 손바닥에 남은 보물이다.

야구에도 3번의 기회가 있다는데

망가져가는
여름 속에서

다음 축구 월드컵은 카타르에서 11월에 개최된다고 한다. 대환영이다. 6월에 일본 시간으로 새벽 3시부터 하는 시합을 보면 수마睡魔보다 경기 종료 후 드높이 솟아오른 아침 해가 불러일으키는 죄책감에 더 괴롭다2018년 6월에 열린 러시아월드컵 이야기. VARVideo Assistant Referee, 비디오 판독 도입의 옳고 그름은 둘째 치고, 판독 때마다 시합이 잠시 중단되면 "됐으니까 쫌 빨리잇" 하며 괴로워 기절 직전이었다. 반면 동지冬至가 다가오는 시기의 도쿄는 아침 7시라도 어둑어둑하다. 좋았어. 다음에는 사양 말고 승부차기까지라도 끌고 가줘.

그러나 동계 개최는 나 같은 한가한 사람에 대한 배려가 아니라 카타르의 여름 기온이 섭씨 45도 전후까지 올라가기 때문이라고 한다. 당연한 조치다. 그러면 도쿄올림픽은? 올해는 "불

필요하고 급하지 않은 외출은 삼가주십시오" 하고 연일 미디어에서 호소할 만큼 혹서인데, 2년 뒤에는 뭐라고 방송할까. 섭씨 40도의 도쿄에서 선수나 관중 가운데 사망자가 나오는 것보다 미국 방송 시간이 가을의 NFL과 겹치는 것이 더 문제라는 어른들의 판단 아래 도쿄올림픽은 다가오고 있다. 그리 생각하면 조금 서늘해지죠.

이렇게 말하면서도 고교 야구를 생각하면 슬프다. 이 정도로 더우면 고시엔에서 하계 대회를 할 수 있는 시간 역시 한정되어 있을지도 모른다는 생각이 문득 든다. 천연 잔디와 검은 흙과 고등학생의 땀이라는 일본의 여름 풍경도 언젠가는 사라져 〈열투 교세라돔전국 고교 야구 선수권 대회를 다루는 〈열투 고시엔〉이라는 방송의 패러디로 교세라돔은 오사카의 돔구장〉이라는 방송을 보는 미래도 올까 여름에 고시엔구장에서 열리는 이 대회를 열사병 위험이 없는 교세라돔에서 해야 한다는 논의가 있었으나 고시엔구장은 고교 야구의 성지로 여겨져 장소 변경이 쉽지 않다. 아니면 고시엔구장에 지붕을? 롯코산 산바람이 불지 않는 고시엔…… 어쩔 거야, 한신 타이거스고시엔은 한신 타이거스의 홈구장이다.

하지만 지구는 46억 년 동안 온갖 환경 변화를 일으켜왔다. 인간 따위는 훨씬 뒤늦게 그곳에 나타난 우연의 산물인데도 이제껏 지독히 제멋대로 굴어왔으니, 생긴 지 고작 100년쯤 된 자기네들의 풍습을 어쩔 수 없이 바꿔야 한다 해도 잠자코 받아들이는 수밖에 없을지 모른다.

사라져가는 것이 완전히 사라지기 전에 적어도 눈에 새겨

두고자 보리차와 얼음주머니를 보냉백에 넣어서 도쿄도 지방 예선을 보러 간다. 작년에는 기요미야 선수가 일으킨 돌풍을 타고 열심히 명문 와세다실업고교의 시합을 보러 갔지만 올해는 정반대로 나가볼까 싶어 낙도 군단 중 하나인 이즈 오시마^{大島, 이}즈의 섬들 가운데 가장 큰 섬의 도립 오시마고교 대 도립 에도가와고교의 동東도쿄 대회 4회전이 열리는 에도가와구 구장으로.

오시마 학생들은 '도내 예선'이라고는 해도 고속 제트선으로 편도 한 시간 45분, 야간편이면 새벽녘에 도착하는 여섯 시간짜리 배 여행을 해야만 한다. 1회전, 2회전 모두 에이스의 호투와 타선 폭발로 훌륭히 콜드 승을 거두었지만 시합이 끝나자마자 다케시바산바시에서 마지막 배를 타고 섬으로 황급히 되돌아가는 강행군을 반복하고 있었다. 신문기사에 따르면 한 시합 이길 때마다 감독은 선수들의 배편을 허겁지겁 예약하고, 바다의 날이 끼인 사흘 연휴 때는 만석으로 티켓도 못 구해서 갖은 고생을 했다고 한다.

반면 에도가와고교는 매년 학생 둘을 야구 특별 추천 전형으로 뽑고 동도쿄에서 4위 안에 들 만큼 실력 있는 학교라고 한다. 과연 고등학생치고는 훌륭한 허리 두께, 엉덩이 두께로 오시마의 아이들과 같은 그라운드에 서면 마치 전쟁 전의 미일 야구와도 같은 체격 차이. 관중석을 가득 채운 관악대가 엑스재팬의 〈구레나이紅〉 같은 인기곡을 유려하게 연주하고 수많은 백업 선수와 여학생들이 떠들썩하게 응원하는 데 비해 오시마의 응원석에는 세월의 흔적이 느껴지는 트럼펫을 든 70대 남성이 딱 한 명, 뿌 뿌우 뿌. 띄엄띄엄 부는 섬 초등학교의 교가 반주에 맞춰 졸업생으로 보이는 거뭇거뭇 볕에 탄 아저씨, 아줌마가 입을 모아 노래하고 있다. 으음, 섬에서 보내는 휴가 같은 시간.

전방에는 다른 유니폼의 학생들이 스무 명 정도, 변성기가 채 지나지 않은 허스키한 목소리로 메가폰 모양의 응원 도구를 두들기며 응원하고 있었다. 들어보니 반 친구들이 못 오는 오시마를 위해 매해 여름 합동 합숙을 하는 게이카고교의 야구부원들이 우정 응원을 하러 와 있단다. 아, 곤란하네. 어른은 이런 데 너무너무 약하단 말이야.

체격 차이는 있지만 두 학교의 에이스는 날카로운 공을 던졌고 0대 0의 투수전으로 9회 초까지 간 결과 오시마의 아라타 선수가 무너졌다. 가느다란 오른팔로 있는 힘껏 던지는 폼이 인상적이었고 위기 때도 숨을 한번 내쉰 다음 굳건하게 공격을 꼭꼭 틀어막아 왔지만, 여독 때문인지 마지막에는 공이 뜨기 시작해서 결국은 연타를 얻어맞고 3점을 내줬다. 9회 말 공격, 묵직한 체구의 에도가와고교 도마리 선수가 던진 공을 오시마의 방망이가 맞히지 못한 채 새된 사이렌이 울렸다.

늘어서서 머리를 숙인 오시마의 줄은 에도가와의 절반 정도 길이였다. 올봄 열렸던 도 대회는 선수가 부족해서 기권했지만 4월이 되자 신입생이 세 명 들어와서 총원 열한 명의 '섬 아이 일레븐^{〈썬더 일레븐〉이라는 축구 만화의 패러디}'으로 이번 대회에 참가했다고 한다. 작은 몸으로 기민하게 달리고 수비도 뛰어나 빈틈없이 글러브에 움켜쥔 하얀 공을, 베이스 커버를 하고 있는 동료에게 깨끗한 폼으로 송구하는 오시마의 야구는 반짝반짝 빛나는 조그만 회유어계절에 따라 일정 경로로 이동하는 물고기 무리의 헤엄을 연상시켰다. 이제 3학년 네 명이 졸업한다고 한다. 또 여름 대회에서 섬 교가를 부는 트럼펫 소리를 들을 수 있다면 좋을 텐데.

7월에 호우 피해를 입은 히로시마의 현립 구마노고교 선수들은 그라운드 연습도 뜻대로 할 수 없었고 대회 직전에는 토사를 뒤집어쓴 민가 정리를 도왔다고 한다. 강호 소토쿠고교에 첫 게임에서 콜드 패를 당했지만, 일찌감치 그라운드를 떠나는 아이들에게도 다채롭게 새겨질 생각과 그들만이 뒤쫓아온 흰 공이 있다. 이제 곧 100회를 맞이하는 고시엔. 해님, 조금만 살살해주세요.

당신이
있었기에

장딴지를 다쳐서 개막전에 그 모습이 안 보여도 응원하는 쪽은 느긋하게 기다렸다. 아무리 강한 육체라도 그 몸이 부실해지는 때는 온다. 조급해하지 말고 컨디션을 회복해서 마지막에 제대로 함께 있어주면 그걸로 괜찮다. 골든위크 직후에 나오자마자 호쾌한 타격을 선보였고 타선도 이어져 대량 득점, 관중석은 야단법석이었지만 늘 누구보다 활짝 웃던 표정이 묘하게 침착했던 것이 신경 쓰였다.

경력이 쌓인 일류 선수는 대개 철인 같은 포커페이스를 익혀나간다. 다가가기 힘든 근엄한 표정 속에서 미세하게 배어나는 흔들림과 흥분, 그런 것과는 정반대로 목젖이 훤히 보이는 웃는 얼굴. 몇 살이 되어도 판정에 요란하게 놀라고, 허둥지둥 부산을 떨고, 거친 슬라이딩에 누심야구 경기 중 1루, 2루, 3루 근처에서 주

야구에도 3번의 기회가 있다는데

로 그곳에 관한 판정을 맡아보는 심판과 한 몸이 된 세이프 포즈. 기쁨도 분함도 그대로 드러내는 솔직함은 야구를 갓 시작한 아이처럼 풋풋했고 구기 대회에서 활약하는 반 친구처럼 눈부셨으며 동네 야구에서 있는 힘껏 뛰는 아버지 못지않게 낯간지러웠다. 본인 딴에는 진지하면 진지할수록 보는 사람의 뺨은 실룩거렸고, 병살을 당해도 실책을 범해도 그냥 달리기만 해도 관중석은 스스럼없이 들끓었다. 그런 노골적인 스타일 그대로 마흔한 살까지 선발 출장해서 2200개가 넘는 안타, 300개가 넘는 홈런을 친 사람이 '아라이 다카히로' 말고 또 있을까. 기쿠치 선수가 '형님'이라고 표현했다. 다른 모두에게도 형님이다. 진심으로 가지 말았으면 한다.

마찬가지로 은퇴를 결심한 요미우리 자이언츠의 스기우치 도시야 투수는 최근 부상으로 힘들어했고 정장 차림으로 임한 기자회견에서는 목 멘 소리로 이렇게 말했다. "진심으로 후배를 응원하게 되는 것은 승부사로서 좀 아니지 않나 했습니다." 소프트뱅크 호크스 시절에는 만루 홈런을 맞은 뒤 벤치를 때려서 손이 골절되었고 그 일로 근신 처분을 받은 적도 있었다. 온화한 얼굴이지만 스기우치 투수의 목소리에서는 자기 안의 괴물이 죽은 것에 대한 슬픔이 배어났다.

올해 아라이 선수는 자신이 활약해도 환호하는 벤치를 진정시키고 홈을 밟은 후배에게 박수를 보낸다. 삼진을 당할 때조차 상대 투수의 기량을 칭찬하는 듯한 미소를 띠며 물러나는 기색이다. 그 마음속에 사는 괴물 역시 죽어버린 걸까.

　'구로다의 귀환과 사반세기 만의 우승'이라는 강렬한 이야기가 막을 내린 뒤, 카프 팬은 리그 연패連覇를 바랄뿐만 아니라 완전한 '이야기 중독자'가 되었다. '아라이'라는 남은 한쪽의 기둥에 기대어 이야기의 다음을 기대했다. 그만이 모진 시절을 아는 동지이자 촌티 나는 지역성의 상징이었기 때문이다. 그러나 누구보다도 그 상황을 냉철하게 바라보고 있던 사람은 당사자인 아라이 선수였을지도 모른다. 히로시마에는 공들인 선수 육성이 빛을 발해서 활약할 기회를 노리는 젊은 야수가 우글거린다. 누군가의 상태가 나빠지면 거기로 파고든 선수가 세차게 공을 때린다. 수비한다. 달린다. 하지만 관중은 무명의 청년보다 아라이 선수가 방망이를 휘두르기 시작해야 확실히 들끓는다. 설령 범퇴공격 팀 타자가 진루나 잔루, 점수를 기록하지 못하고 아웃되는 것를 하더라도 '얼굴을 봤으니 됐어' 하며 납득한다. 젊은 시절, 아무도 기대하지 않는 곳에서부터 누구보다 비웃음당하고 혼나며 악착같이 위로 올라온 정 많은 승부사가 그런 상황에 가슴을 펼 리 없었다.

　8월 후반부터 이어진 7연승으로 매직 넘버가 12로 줄어든 이후의 9월 5일. 밝은 마음으로 임한 은퇴 발표 기자회견에서는 후배와 구단의 미래에 대한 마음을 이야기했다. 아라이 선수의 마지막 해에 간절히 바랐던 일본 1위로, 라는 이야기가 준비되었다. 2016년부터 쌓아온 3부작에 드디어 최고의 마침표가 찍히는 거야! ……그런데 중요한 사실을 잊으신 건 아닌지? 재작년 구로다 투수의 은퇴 발표 후 일본시리즈 패배, 작년에는 이시이·가와다 두 코치의 퇴진 발표 후 클라이맥스시리즈 참패, '그 사람에게 화려한 은퇴를'이라는 표어는 반드시 기대에 어긋나 팀은 중증의 우울 상태에 빠진다. 순진한 카프. 어린아이의 심장은 유리 심장. 구단은 아라이 선수의 은퇴 기념상품 발매 준비에 여념이 없었지만 현장은 3년 만의 6연패連敗에 돌입했다. 누가 던져도 얻어맞고 타선은 결코 이어지지 않는다. 또 나왔다, 이 익숙한 패배 방식! '앞으로 두 번 다시 이기지 못하고 하위 팀의 자멸로 우승하면 어떤 얼굴로 기뻐해야 할까'라는 고민까지 하고 말았다.

무거운 공기 그대로 맞이한 9월 12일, 여러 가지로 불리한 요코하마전. 1대 1로 맞이한 6회 말 2사 2루, 한 방이면 역전 찬스. 구리 아렌 투수를 대신하여 타석에 들어선 아라이 선수의 얼굴에 이제 여유는 없었다. 새빨간 헬멧 가장자리에서 빗방울이 뚝뚝 떨어지는 가운데 날카롭게 쏘아보듯 앞을 응시했다. 자신의 은퇴 선언으로부터 일주일. 어떻게든 해야 한다고 생각하지 않았을 리 없다. 에스코바 투수의 150킬로미터 속구를 참고 또 참으며 맞이한 아홉 번째 공, 높게 들어온 직구에 결국에는 손이 나가 헛스윙 삼진. 하늘을 올려다보고 방망이를 두들기며 울부짖듯 분해했다. ……아, 아라이다! 가슴이 뜨거워졌다. 괴물은 확실히 살아 있었다.

다음 이닝, 불이 붙은 듯 클린업트리오의 방망이가 폭발했다. 3번 타자 마루 요시히로 선수가 날카로운 역전 적시타를 만들어냈고 팀의 4번을 이어받은 스즈키 선수는 타석에 들어서기 직전 아라이 선수의 말에 고개를 끄덕인 뒤 펜스까지 닿는 3루타를 때렸다. 5번 마쓰야마 류헤이 선수도 추가점을 쌓았다. 연패의 나날이 거짓말처럼 느껴졌다. 벤치에서 기쿠치 선수와 나란히 손뼉을 치는 아라이 선수의 얼굴은 다시 소년처럼 활짝 웃고 있었다.

　　아라이 선수가 카프로 돌아오지 않았다면 볼 수 없었을 것은 무엇일까. 우승인가. 리그 연패連霸인가. 아니, 역시 노골적인 '사랑' 말고는 없겠지. 베테랑도 젊은 선수도 외국인도 같은 쪽을 바라보며 똑같이 활짝 웃는 장면을 몇 번이나 봤다. 그런 벤치를 만들 수 있는 일류가 달리 있다면 누가 좀 찾아오기 바란다.

　　이 특집호에는 틀림없이 아라이 선수의 기사가 많을 터라 권말에 실리는 나는 어떻게든 다른 것을 쓰려고 머리를 쥐어뜯었는데도 결국 이리 되었다. 아라이 다카히로라는 프로야구 선수는 보는 사람까지 그렇게 끌어당겨 안는 사람이었던 것이다. 안녕, 아라이 씨. 당신이 있었기에 카프는 몹시도 붉었다.

공정하고 비정한
스포츠라는 세계

꿈은 동생들에게 맡긴다, 라는 말을 남기고 아라이 다카히로 선수는 눈물도 없이 히로시마 도요 카프를 떠났다. 리그 3연패連覇 끝에 34년 만의 일본 1위라는 목표는 달성하지 못했기에 "어쩌면 은퇴를 번복해주지 않을까?" 농담 섞인 진담을 할 만큼 내심 꽤 절실했던 팬들의 기대 역시 아무래도 물거품으로 돌아간 모양이다. 3년 연속 리그 우승의 위업을 달성한 팀도 흔치 않겠지만, 3년 연속 마지막에는 무릎을 풀썩 꿇으며 패배로 끝났다는 팀 역시 딱히 들어보지 못했다. 이것 또한 카프다운 모습일까.

　소프트뱅크 호크스 팬들에게는 미안하지만 이야기를 만드는 사람 입장에서 말하자면 모든 것을 갖춘 젊은 매 군단은 모쪼록 올해는 악역을 맡아주고, 카프가 연고지에서 일본시리즈를 제패하는 편이 상대적으로 관중들이 좋아할 작품이 되었을 것은 틀림없다. 그러나 아무리 보는 자의 흥이 깨지든 주최 측이 방책을 짜내든, 전개도 결말도 당사자 말고는 무엇 하나 조작할 수 없는 것이 스포츠다. 텔레비전으로 중계를 보고 있으면 가끔 열성 팬인 부모가 경기장에 데려온 서너 살짜리 아이가 자신의 응원 팀이 속수무책으로 당해서 울상을 짓는 모습이 눈에 띈다. 메이저리그의 관중석에서도 축구 월드컵의 관중석에서도, 전 세계 아이들이 어른도 똑바로 보지 못할 비극과 절망을 그 작은 가슴으로 받아들이며 부모의 팔에 매달려 아연실색하고 있다. 스포츠는 공정하다. 비정하다. 그래서 나는 스포츠를 본다. 인공감미료 같은 해피엔드 따위는 맛보고 싶지 않다. 그럼에도 역시 호크스가 우승하니까, 스포츠는 참을 수 없다.

하지만 무엇을 감추랴, 나는 소프트뱅크 호크스의 구도 기미야스 감독이 세이부 라이온스의 에이스였던 시절 용돈으로 산 〈넘버〉의 사진을 오려서 투명 책받침 사이에 끼워 들고 다니던 중학생이었다. 와인드업투수가 공을 던지기 전 양팔을 머리 위로 올리고 시선은 홈플레이트를 향하는 것에서 시작하는 정연한 자세의 좌투를 동경해서 야구는 한 번도 안 해봤지만 적어도 이거라도, 하며 왼손으로 글씨를 쓸 수 있도록 열심히 연습도 했다. 때는 거품경제 전성기, '일본 프로야구 사상 최강의 군단'이라고 불린 모리 마사아키 감독 휘하의 라이온스 황금시대.

야구에도 3번의 기회가 있다는데

구도 투수가 흥미로웠던 이유는 마운드에서 웃고 있었기 때문이다. 접전에서 연타를 얻어맞고 만루가 되어도 '설마! 이 코스 칠 거야?'라는 양 동그란 눈을 뒤룩거리며 씩 웃는다. 관중도 팀 동료들도 손에 땀을 쥐며 마른 침을 삼키는 순간, 마운드에서 승부의 열쇠를 쥔 장본인이 마치 장난꾸러기 같은 표정을 지은 직후 맥 빠질 정도로 싱겁게 내리 삼진을 잡고서 180도 달라진 쿨한 표정으로 벤치로 돌아온다. 그가 웃었던 이유는 영리함과 넘쳐나는 자신감 때문이다. 일본시리즈에서 완봉승을 거두고, 1986년에는 퍼시픽리그 투수이면서 연장 12회 말에 끝내기 안타까지 때려 시합을 종결지었다(홈런을 맞은 사람은 히로시마의 쓰다 쓰네미 투수). 그야말로 시리즈라 하면 구도. MVP 부상으로 받은 도요타자동차의 보닛에 걸터앉아 태평하게 두 손을 들어 올린 자세가 지금도 눈에 선하다. '신인류'라는 별명이 붙었으며, 전후의 공기를 휘감은 점잖은 선배나 OB 들로부터는 비난도 거셌지만 본인에게는 마이동풍. 시끄러워 영감, 이라는 듯한 안하무인의 태도가 시대의 기세 자체를 상징하는 것 같았다. 사춘기의 나도 약한 데라고는 손톱만큼도 없는 반골 정신과 드센 기질에 매료되었던 것 같다.

그러나 절정기의 세이부에 팀워크가 있었나 하면, 구도 씨는 그렇지 않았다고 썼다.

"진 시합 뒤에는 모두가 한마디도 하지 않았습니다. (중략) 아무도 위로해주지 않고, 변명이 통용되는 상황도 아닙니다. 한

마디라도 '푸념'을 시작하면 '좋은 결과도 못 냈으면서 투덜거리지 마' '네 푸념 따위 듣고 싶지 않아'라며 혼이 났습니다. 그곳에는 '개개인'의 플레이어로서 자신이 무엇을 해야 하는지를 자각했던 '이기는 집단'만의 긴장감이 늘 존재했습니다."(구도 기미야스, 『10년 뒤의 자신을 만든다』, 주케이출판)

쇼와도 끝나고 일본의 경제가 소리를 내며 기울어져간 때와 같은 무렵, 그의 기세에도 그늘이 지기 시작했다. 젊은 나이에 부와 명성을 뜻대로 거머쥔 동세대가 거품과 함께 사라져가는 가운데, "똑같은 걸 하면 계속할 수 없다"라며 쓰쿠바대학을 다니면서 신체 이론을 모조리 배워 이미 젊지 않은 육체를 들볶았다고 한다. 그는 그 뒤로도 유니폼의 색깔을 바꿔가며 일본 프로야구의 마무리 마운드에 거듭 등장했고 결국 마흔일곱 살까지 줄곧 현역으로 뛰었다. 오 사다하루중국 국적의 아버지와 일본인 어머니 사이에서 태어난 전설적인 프로야구 선수로 감독을 거쳐 현재는 소프트뱅크 호크스의 회장을 역임하고 있다 감독 휘하의 호크스 시대부터 후진을 지도하는 역할을 맡았고 배터리야구에서 투수와 포수를 묶어 이르는 말를 짰던 쇼지마 겐지 포수 등에게 혹독하게 볼 배합 이론을 전수하며 육성했다고 한다. 리그 우승 14회. 일본시리즈 제패 11회. 말 그대로 구도 투수가 있는 곳에 우승이 있었다.

세상에는 이기기 위해 태어난 사람도 있겠지. 강하고 현명한 선수는 강하고 현명한 감독이 되어 전략, 선수 기용은 물론 참모 인선, 프런트와의 관계, 팬과 미디어 대응, 단어 선택 센스에 이르기까지 무엇 하나 문외한의 눈에는 빠지는 데가 없어 보인다. 그런 사람이 이끄는 팀과, 불길에 시뻘겋게 얼굴 화상을 입어가며 가사^{승려가 장삼 위에 걸쳐 입는 법의}를 걸치고 호마행^{재앙이나 악업을 불에 태워 없애는 의식. 카프의 몇몇 선수들은 스프링캠프를 앞두고 정신 수양을 위해 뜨거운 불 가까이에서 장시간 열기를 견디는 이 의식을 수행해왔다}에 힘쓰거나 형제의 인연이니 가족 총출동이니 왁자지껄 노래하며 경기장에 오는 팀이 같은 룰로 1, 2점을 다투는 것이니 역시 재미있다. 표면적으로는 전혀 닮은 구석이 없어 보여도 의외로 공통 항목이 있을지 모르고, 근소한 차이 같지만 결정적인 다른 점이 있을 수도 있다.

　펜스 건너편에는 온갖 사람이 있다. 온갖 사상이 있고 책략이 있고 감정이 있어, 우리는 그것을 먼발치에서 바라보고 수많은 억측을 거듭하며 거기서 인생을 보고 자신을 보고 사랑하는 사람을 생각하기도 한다. 어제 봤어요? 대단했지, 엉망이었지, 예상대로야, 그건 좀 아니었어 같은 말을 나누며 희박해져가는 관계를 아슬아슬하게 이어나가기도 하고 처음 만난 사람과도 슬며시 표정을 푼다. 내게는 현역 운동선수 지인은 단 한 명도 없고 스포츠 경험도 어린 시절의 부 활동 정도라서 그야말로 안방극장의 관객 느낌으로 생각하는 바를 조금씩 써왔는데, 싸움을 아는 당사자가 아닌 사람이 취재도 하지 않고 쓰는 글은 틀림없이 여러 면에서 과녁을 벗어났을 터라^{책에서 실명을 거론한 선수 여러분에 대해 오해를 하거나 실례도 범했으}

리라 생각한다. 이 자리를 빌려 사과드립니다. 그리고 무언가를 쓰지 않고는 견딜 수 없을 정도로 가슴 떨리는 순간을 보여주신 것에 다시 한번 감사드립니다.

동경하는 〈넘버〉에 연재를 하고, 게다가 그 글을 엮어 책으로도 낸다는 것을 중학생 시절의 내가 상상할 수 있었을까. 그러나 자랑스러움이나 기쁨보다 분수에 맞지 않는 일을 하고 있다는 두려움이 압도적으로 크다. 매번 마지막 한 줄의 마지막 마침표를 찍을 때까지 '이번에야말로 다 못 쓰는 게 아닐까' 하며 내장이 타들어가는 듯한 밤을 보내고 있다. 연재를 권해주신 분게이슌주의 마쓰이 잇쿠 씨, 금세 숨을 헐떡거리는 나와는 반대로 늘 '칭찬으로 키우는 지도법'으로 참을성 있게 함께 달려주시는 담당 편집자 세오 야스노부 씨, 매회 글의 색을 은은하게 비추는 삽화를 그려주시는 가노 다케로 씨, 치밀하게 데이터를 검증해주시는 교열부 직원분들(정말 굉장하다), 전 고교 야구 소년의 열정으로 쌉쌀하고도 따스한 디자인을 해주신 디자이너 고바야시 쇼타 씨, 구 히로시마 시민구장의 사진을 제공해주신 잉어당 포토그래퍼 다케우치 유지 씨, 그리고 〈스포츠 그래픽 넘버〉 편집부 여러분께 진심으로 감사드립니다. 고마웠습니다.

그러고 보니 부 활동을 마치고 집에 온 나에게 "퍼시픽리그에 무지무지 재미있는 투수가 있어" 하며 구도 선수의 일본 시리즈를 보여준 사람은 어머니였다. 본인은 스포츠 경험이 전혀 없을뿐더러 나보다 더 심한 운동치지만 돌아가신 조부모님을 간병하는 짬짬이 분주하게 밥을 짓고, 재봉틀을 돌리며 틈만 나면 텔레비전이나 라디오로 온갖 스포츠를 보고 들으며 크게 소리 질렀다. 스포츠를 본다는 것의 근사함을 알게 해준 어머니께 이 책을 바치고 싶다.

니시카와 미와

단순한 해피엔드가 아닌
길 속에 있는 드라마

자랑은 아니지만 인생의 대부분을 스포츠에 무심하게 보냈다. 월드컵이나 올림픽 같은 온 세상이 들썩이는 행사 때도 TV로 중계를 보려는 시도조차 하지 않는 사람, 남들 따라 야구장에 가면 공을 쫓아가지 못하는 동체시력이 문제인지 게임의 흐름을 읽지 못하는 머리가 문제인지 그날 경기의 내용보다 맥주 맛을 더 잘 기억하는 사람이 바로 나였다.

그런 내가 어찌된 일인지 불현듯 김연아 선수에게 푹 빠진 적이 있다. 어느 날 정신을 차려보니 팬이 되어 있었던 것이다. 그가 한창 활약하던 시기에 나는 회사를 다니고 있었다. 낮 동안 회사에서 구깃구깃해진 마음이 밤에 경기 영상을 찾아볼 때면 조금씩 펴지는 듯했다. 〈록산느의 탱고〉의 스파이럴 시퀀스에서 심사위원을 향해 의도적으로 보여주는 카리스마 넘치는 미소, 〈죽음의 무도〉에서 음악이 나오는 순간 날카롭게 바뀌는 눈매, 〈제임스 본드 메들리〉에서 스텝 시퀀스로 넘어갈 때의 경쾌한 몸놀림, 그리고 모든 점프에서의 어마어마한 속도와 비거리. 김연아는 아무것도 모르는 내 눈에도 차원이 다른 스케이터였다. 나는 그를 통해 빠르고 높고 강한 것이 아름다움으로 귀결될 수 있다는 걸 깨달았다.

그러나 나를 가장 감탄하게 만든 건 2010년 밴쿠버 올림픽에서 프리 스케이팅을 완벽하게 마무리하고 사실상 금메달을 확정 짓던 역사적 순간이 아니라, 올림픽 직후 출전한 세계 피겨스케이팅 선수권대회에서 평소와는 달리 쇼트에서 수차례 실수를 범했을 때 그가 보여준 태도였다. 키스 앤드 크라이 존에서 점수를 기다리며, 경기를 망친 김연아 선수는 씩 웃고 있었다! 심지어 숙소에 가서는 시리얼 먹는 사진을 미니홈피에 올리며 "쇼트 말아드시고 호텔 와서 시리얼 말아드심"이라는 글을 남기기까지 했다.

다행이었다. 김연아 선수의 캐릭터상(?) 그럴 일은 없었겠지만, 혹시라도 '국민의 기대에 부응하지 못해 죄송하다'는 식의 글을 썼다면 나는 두고두고 그 '국민의 기대'라는 실체 없는 무언가를 원망했을 것이다.

사람들의 기대나 역사, 경기의 지위 향상에 공헌하지 못한 것을 선수 탓으로 돌리는 관람자를 키워서는 안 된다. 일사 만루의 역전 찬스에서 내야 땅볼을 쳐 병살됐을 때 얼굴색 하나 안 바꾸고 벤치로 돌아가 다시 글러브를 끼는 것은, 사람들의 기대에 부응하지 못해 사과하는 일보다 더욱 어려울 터다. 사과할 거라고 생각하지 마. 내가 싸우는 상대는 그런 게 아니야. 그렇게 단언하는 듯한 옆얼굴이야말로 우리를 진실한 의미에서 고무시키는 게 아닐까.

이 구절을 번역하며 나는 덤덤히 시리얼을 말아 먹는 김연아 선수를 떠올렸다. 그렇다. 선수가 기대에 부응하지 못했다고 사과하는 건 어쩌면 상황을 무마하고 마음을 편하게 만드는 가장 손쉬운 길일 수도 있다. "일사 만루의 역전 찬스에서 내야 땅볼을 쳐 병살됐을 때 얼굴색 하나 안 바꾸고 벤치로 돌아가 다시 글러브를 끼는 것"은 보통 정신력으로는 하기 힘든 일일 테니까. 김연아 선수는 그다음 날 완전히 달라진 모습으로 프리 스케이팅에서 1위를 차지하여 종합 2위에 올랐다. 덕분에 팬들은 그가 쇼트에서 클린 연기를 펼쳤다면 느끼지 못했을 다채로운 감정을 맛봤다. 저자가 말했듯 단순한 해피엔드가 아닌 "오만 갈래의 길 속에 보다 감동적인 드라마의 가능성이 있"는 것이다.

이 책을 번역하기 위해 본문에 등장한 경기의 기록이나 선수들의 히스토리를 조사하다 보니 전에 없이 여러 스포츠가 두루두루 흥미롭게 느껴졌다. 인기 종목인 야구뿐만 아니라 럭비, 여자 축구, 수영, 패럴림픽의 유도와 스노보드 경기에까지 스포트라이트를 비추며 드라마를 찾아내는 '감독의 눈', 그 애정 어린 눈을 통해 보는 스포츠는 더없이 매력적이었다. 특히 히로시마 도요 카프의 경기는 (언제가 될지는 모르겠지만) 기회가 된다면 꼭 한 번 마쓰다스타디움에 가서 보고 싶다는 꿈까지 생겼다. 저자가 느끼는 흥분과 고양감, 기대와 실망과 응원의 마음이 내게로 전이되는 듯한 즐거운 작업이었다.

모든 운동 종목에 문외한이나 다름없는 나도 즐겁게 번역한 책이니만큼 스포츠에 관심 없는 분들도 재미있게 읽을 수 있으리라 기대한다. '일본 영화감독'의 눈에 비친 '일본 스포츠'라는 마이너한 소재가 보편적인 이야기로 확장되는 풍경도 살뜰히 즐겨주시기 바란다.

2021년 5월

이지수